這是我愛你的方式

鄭明娳⋯⋯⋯著

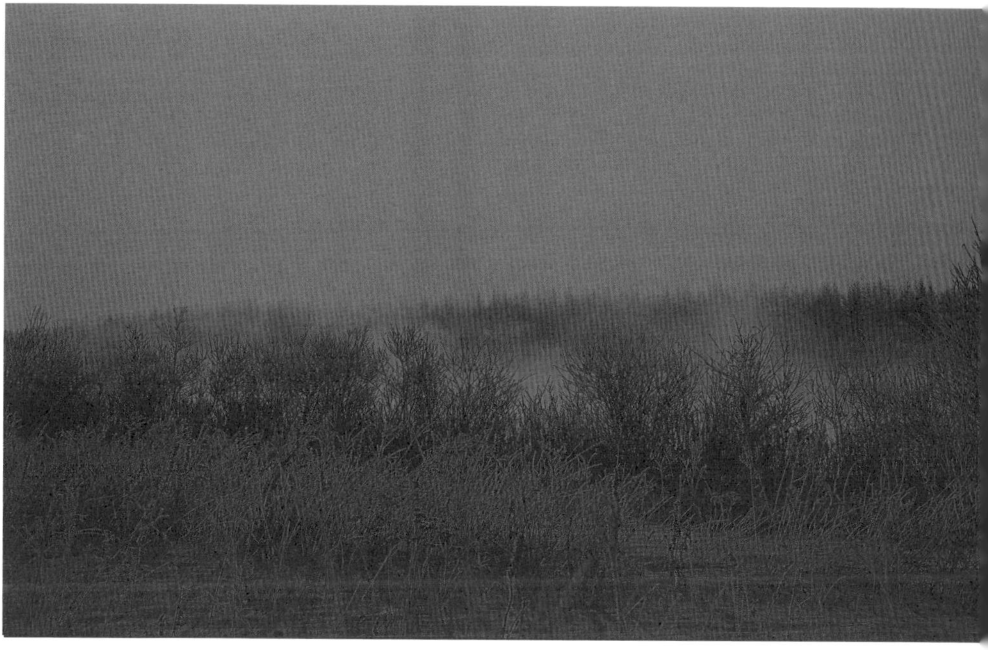

目次

PART 1
從谷底爬升

PART

2

一株寧靜的樹

自序

滿意的關係

你出生時，護士在你小小的手腕掛上一條藍色塑膠手環，上面寫著「鄭明娳之子」，它說明我們天生的法定關係。

你小時候，我當然寵你，如今你成年了，我仍然寵你。是上帝讓你做我永遠的Baby，那是所有華人母親的天性：無論如何都忍不住要寵她的子女。

可是，我很貪心。除了母子緣分，我還希望我們有平行的朋友關係。我非常用心尊重你的意志、你的興趣、你的私人空間。只要你接到電話，我立刻回到我房間，讓你放心打電話；只要你跟朋友出門約會，我絕不問約會內容，只問你身上錢夠不夠？再送你到門口，祝你「盡情玩樂」；只要你在讀書工作，我絕不輕易打擾你。

我們住在一起時，我非常努力讓你覺得完全擁有自由自在的空間，你想什麼、你要什麼、你做什麼，都會得到尊重。

我對你平等相待、我對你無話不談、我對你從不掩飾、我要你指正我的缺點並提醒我的弱點。久而久之，你自然也用平等的態度面對我。我們成為好朋友啦！

我認為每個人心中，都有長不大的地方——或者說，有不願意長大的部分。我好像尤其多。只要跟人一熟，很快我就變小了。甚至跟你相處，你還只是高二生，用功讀書時，我竟找機會纏著你，非要你停下來，喝我打的新鮮果汁：「你如果不喝光，我就一直在旁邊吵得你無法讀書！」

你慢慢喝完，之後，低下頭對著跪在地毯頭靠著你大腿的我，溫和的說：「妳先去睡覺。」那態度真像一位父親對著刁蠻的女兒說話啊！我終於心滿意足的收拾茶杯，不再吵你。

並不是每一位母親都有機會可以永遠溺愛她的子女，許多孩子因為溺愛而走偏走壞。可是我，不論用多少愛都淹沒不了你。很少人知道：當妳可以完全放任的把愛揮霍在一個人身上，對方全部接受、卻從無負面效應，那是多麼幸福的事啊！

而且，因為不斷的付出才知道自己身上潛藏著這麼多的愛。原來，愛是取之不盡，用之不竭的。我真幸運，因為你永遠寵不壞。

你可能未意識到我們也像知音般投緣。除了談話家常，我們還擁有很多共同的知性空間：一起看電影、談漫畫、讀小說、講人生……這是打從你參加高中聯考、我們母子重逢時，我就決定全力以赴的目標。我要做你的朋友更甚於一位母親。十多年來，我最能感受到：擁有一個朋友般的兒子真是無邊的福氣！

許多母親到多倫多探親，總是順道觀光加拿大那永遠看不完的美景。然而，我的「景點」只有你：早晨陪你早餐再送你出門、黃昏等你回來共進晚餐。我希望每天都能親自送你出門，當你開門到家，必然看到我迎向前去，只為享受我們聚少離多的相處時光。

我們的關係到底是什麼？

是家人。

家人是：相聚時開心、分別時放心。

家人是：相處時關心、想起時窩心。

這是我愛你的方式

PART 1

報銷

兒子國中畢業前，打電話問他：「高中考試時，你需要我陪考嗎？」

「不用。」

我就飛往倫敦蒐集資料去了。

在倫敦圖書館外，偶爾打電話跟兒子閒談，有一次再問他：「升學考時，你確定不需要我陪嗎？」

沒想到他說：「要。」

我立刻打包回到臺北，兒子也搬回來跟我住。

過去一年，他父親說為了加強補習，我幾乎完全沒有機會跟兒子見面，不知道孩子已經完全「脫胎換骨」了。

他把自己關在房間裡，除了上廁所，從不主動開門。即使在餐桌上，兩人面對面坐著，也從不說話、絕無表情，眼簾低垂、從不看人，整張臉像苦瓜般皺著拉著。遞上飯碗，他接過去，一聲不吭快速埋頭扒飯，一吃完立刻拉開椅子，回房、關門，又無聲無息。

我不知道什麼時候開始他變成這個樣子，從不主動說話，即使回答問題，也絕不超過兩個字。問他要不要吃水果，必然冷著臉說「隨便」；問他「這樣好不好？」必然如蚊子般低聲說「還好」。

我想，任何人遇到這種情況，都會氣結、都要抓狂。

孩子不但成績落後、性情乖僻、精神更是萎靡。我告訴自己：他病了！我一定要忍耐、要觀察、要思考最適當的對待方法。

兒子國中成績不好，所以臺北縣市所有可以報考的學校都報了名。最先是北市高中聯考。我像所有家長，在考場附近的樹蔭下鋪了報紙，坐在地上邊看書邊等他，看到有考生出來時，趕緊站在前面，迎接隨時可能出來的兒子。

他出來了，面無表情，看不出考得好不好？我帶他去吃中飯，故作輕鬆的問：「辛苦了，你看看，哪間飯店比較喜歡？」

「隨便。」

我只好挑一間飯店。坐下。

「乖乖，你想吃什麼，儘管點！」我輕鬆的說。

「隨便。」

我只好點三個他以前喜歡吃的菜。

開飯了，仍然冷場。我們之間不說話，快把我悶死了。我得說些什麼。

「你考得滿意嗎？」

「還好。」

他低著頭，不看我。談話又中斷。我想不出還能講什麼。只能冷場。

考完試，搭計程車一回到家，他又鑽進房間，直到叫他吃晚飯才出來。

晚上我送水果開他的房門，見他坐在書桌前，發呆。

我怕他要準備考試，只在吃飯及送水果時才敢喚他。

接連而來的考試，我仍然像陪啞巴上陣。可是，我這急性子、直腸子的人可不是啞巴。在飯店餐桌上，使盡了低姿態，幾天下來，他仍然不理不睬，我實在忍不住，盡全力壓低嗓子，還是噴出來：「考試時考生雖然地位第一，但你也不能完全不理會陪考人的感覺。你為什麼老是沉著一張臉給我看？」

他抬頭望著我，沒有表情也沒說話，又低下頭。

話一出口，我心裡就罵自己：完了完了，妳這樣對待他，他永遠都不會理妳了……我心裡七上八下，覆水難收了！我懊惱萬分，這是當年七月十四號，我永遠記得。

但，他看起來既未生氣也沒有不高興，好像完全沒有聽到我怒氣沖沖的話。

我又使出軟姿態：「乖乖，你辛苦了一天，咱們回家休息吧。」

他無聲的跟著我上了計程車。一到家，又鑽進房間。

我終於知道，兒子不但聯考報銷，連心靈也報銷了。

變形

一站站的考試，到最後一場私立高中聯考，兒子不肯去了。

不用說我也知道。我自己以前參加考試，從來只報一次名，就幾乎考死人。他這麼連番上陣，怎麼受得了。何況，成績不好，考得再多也是一樣。我們就此剎車。

考試結束，我並沒有要兒子留下來，只是他再也不回他父親那兒。

住在我這裡，他可沒有給我好日子過。那年長長的暑假，兩人日夜相處，我每天翻查食譜，計畫要做什麼菜，水果果汁要輪流吃，宵夜要變花樣。不善炊事的我，絞盡腦汁，忙得團團轉，其他工作全部擺一邊。

可是，我用心做出來的林林總總，他總是囫圇吞棗三兩口扒完又鑽進房間。

我想，我們應該有點談話的題目，至少要交談啊！

我好不容易想出一個適合跟他談的話題，還沒開口，總趕不上在他離席之前說出來。

我想，利用送水果進入他房間時，他如果不立刻吃，我就站在旁邊跟他說話。他發現後，立刻把水果希哩呼嚕一掃而光，讓我沒有機會開口。

顯然，他不願跟我講話。

叫我如何接受這種情景？才一年時間。過去那個一見面就抱著我雙腿嘰嘰喳喳的小男孩，完全變形了。

如今，我分分秒秒偷偷注意他的情緒、仔細思考對待他的態度，一再的調整，都沒效。每天半夜我都覺得自己的耐性已經到了臨界點，要爆炸了！但我一再警告自己：他的人格壓抑扭曲到極點，不能怪他，是我們照顧不好，我要忍耐！

有一天，國中同學來找他，在門口聊天。暑假以來，第一次看見兒子臉上出現笑容。不久，他跟同學一起出門。我真希望這位同學天天能來我家，或者天天找他出門，讓他輕鬆、讓他有笑容。

兒子回來後，我裝得很輕鬆的隨口問：「你跟同學去哪裡啊？你們好像玩得很開心哩。」

「打電動。」

說話終於多了一個字！

「那很好啊，你應該有輕鬆的生活，記得你小時候是打任天堂的高手哩。」

「還好。」

又恢復成兩個字！

我想，只能利用吃飯時間跟他講話，也只有延長吃飯時間才有機會講話。我開始做湯，在他扒飯時，送上滾燙的熱湯，他只能放慢速度喝，我就可以把準備好的話題拿出來。

當他的嘴唇剛湊上湯碗時，我飛快的開口……

不論我如何苦口婆心，他依然低著頭面無表情一句話也不回答，不知道是沒有聽進去還是不肯回應。我壓抑著悲憤，想想每天半夜我都不斷的反省、不斷挖空心思想新話題……為什麼我對學生稍為關心一點，對方就翻江倒海向我傾訴？

為什麼我的骨肉這樣拒我於千里之外？

碗裡的湯剩下半碗，他一語不發，站起來走回房間，關上門。

留下我一個人，恨不得撞牆。

轉折

有一天，我送水果時，推開兒子的房門，見他火速把桌上東西往底下塞。稍微瞄一下，書桌底層堆著好多《少年快報》，這個不會作賊的兒子！

我裝作沒事地離開房間，迅速到儲藏間翻箱倒篋找出我高中時代亂塗的人物素描。

晚餐桌上，我故作輕鬆隨口說：「其實，有很多漫畫是有益身心的讀物。」兒子突然抬起頭，睜大眼瞧著我，沒開口。

「小時候漫畫是我唯一的精神食糧，我不但愛看而且也畫了多年的少女漫畫。」我秀出我的寶貝，兒子伸長脖子、睜大眼睛，第一次見他用心看東西。

「因為上課太無聊，我才會在下面偷偷亂畫。我從小學就超迷戀漫畫家葉宏甲筆下的四郎與真平。那時候，家裡非常窮，小孩根本沒有零用錢，可是，我居然每星期可以湊滿三塊錢去買一本《漫畫週刊》。夠沉迷吧？」

他望著我，臉色溫和。

「我以前這麼喜歡漫畫，嘿，你應該也有我的遺傳因子，你喜歡什麼樣的漫畫？」

「我最先是喜歡漫畫中的故事，後來發現還有其他很多東西……」兒子居然開口，而且願意談。我極力延長話題：

「漫畫裡除了故事，你還看到什麼東西？」

「我第一次接觸的漫畫是『小叮噹』，只喜歡它的故事。後來《少年快報》出現後，裡面有很多可以比較、可以選擇的連載漫畫。我才發現科學、幻想、運動、社會寫實之類的漫畫比較有趣，像偵探推理、少女漫畫，就不想主動去看。後來跟香港、美國的漫畫比較，才知道我最喜歡日本漫畫。」

這次輪到我的眼珠瞪得幾乎要掉出眼眶。這個日日自閉在房間的孩子、不言不語自暴自棄的孩子，不但偷偷看了世界各國漫畫，而且竟然也有臺灣盛行的哈日情結。想起八年抗戰的反日情緒，一時既驚又痛。但，我壓抑情緒，還是給他打氣：「媽媽以前愛漫畫，只是崇拜虛構的英雄，可是你看漫畫的層次完全不一樣，你能從各種漫畫裡發現不同的類型、不同的風格，並選擇自己的品味，這是很不簡單的功力呢！你從哪兒學來的？」

兒子第一次羞澀地微笑：「我也不知道，妳問我，才想到這些。」

我努力扭轉他的哈日觀念：「美國漫畫哪裡會比日本差？他們起源早、發行廣，他們的卡通是全世界兒童成長期的精神食糧！」

兒子突然變得很興奮：「美國漫畫的內容老是講英雄主義，用超人做主角，角色太簡單、太單調了。日本漫畫的人物比較複雜，重要角色總會出現性格的另一面。還有，美式漫畫的畫面太靜態了，只是畫片的排列。不上色的日本漫畫非常擅長利用網點來製造各種背景情境、氣氛風格。更重要的是，日本畫家給了每個人物自己的臉部表情、身體動作。還有，日本漫畫利用速度線，使得人物的動作有速度、有立體感。我所看的幾部美式漫畫，雖然上了色，但畫面簡單、沒有動作感，真的缺少活力。」

「你閱讀漫畫的角度相當多啊！」我確實驚訝不讀書的兒子哪來這些「分析」能力？但我仍然反對日本漫畫：「難道香港、臺灣都沒有本土漫畫可以取代日本嗎？」

「香港漫畫老是一個樣子——都是單行本、都會上色、非常寫實、仔細描繪人物、幾乎都是武俠故事，即使是科幻漫畫仍然有武俠成分。我不喜歡武俠漫畫。至於臺灣本土漫畫，好像才開始向日本人學習，妳認為會好到哪裡去？」

我啞口無言，兒子不但侃侃而談，還會「反攻」。那天他的言論震撼我的身心。尤其他說話時，抬著頭，信心浮現在隱隱的微笑裡。

我興奮地把碗盤送回廚房，差點撞上牆。

芝麻開門

才不過四天前，我一再想，沒有經過任何爭執，明明是一對母子，精神上卻各自在兩個遙遠的星球，為什麼我找不到任何交通工具可以抵達兒子的心靈？

我知道他的人格扭曲、他的心靈壓抑、他自卑又自賤，他每天掛著一張如殭屍般的面孔，我幾乎不敢正眼看他：這不可能是我的骨肉！

我永遠忘不了那一天，他侃侃而談漫畫，應該是他出生以來跟我講話最多的一次。

就從這裡開始。我每天都偷偷讀他正在看的漫畫，再假裝隨意問一點問題，然後對談。當他滔滔不絕再提到其他漫畫，往往讓我難以接招，因為他最熱衷的是我既不熟悉又沒興趣的科幻題材，他說話聲音既低又沉，實在非常枯燥，得忍著呵欠恭聽。為了表示真的聽進去了，還得適時發表意見，實在有點辛苦。但是，兒子肯說話、且熱絡地說話，使我興奮莫名。

每天的午餐、晚餐之後，只要他開口講話，我就丟著碗盤不洗，聽他聊。

七月二十四日晚上，是他第一次願意聽我說話。在過去許多失敗的教訓裡，我知道他不喜歡婆婆媽媽的瑣碎雜事，他喜歡知性的知識。我就從徐志摩談起，看他願意聽，順口接著談朱湘，然後巴金。談得正高興，來了一通電話，掛上後他問：「香港打來的？」

我真高興，他開始關心我的事。立刻回答：「是菲律賓的朋友。」也因這通電話，使我們的宵夜遲了十分鐘，我決定要息交絕遊，好好跟兒子相處。

第二天早上，我電話中告訴別人中午要出去一下。掛上電話，他問：「妳要去哪裡？」

「送你去牙醫那兒啊！」

有一天，我說：「不論考試結果滿意不滿意，咱們全都放下。今天晚上，到你喜歡的日本料理店慶祝『考季結束』如何？」

我們開心的出發，路上我說：「成績不好沒關係，以後你就會知道：分數絕對不是人生最重要的事。」

那家日本料理很貴，兒子卻吃了很多，花了我不少銀子。回到家，他還繼續跟我聊天，聊到十一點。躺在床上他仍在講話，弄到十二點才入睡。

我們一起看重播電影《螢火蟲之墓》，兒子說：「螢火蟲的顏色是黃色，象徵戰火，一直圍繞在兄妹四周；螢火蟲也同時象徵兄妹間的溫情。」我沒有想到這些，就靜聽他的意見。

那天晚上，老史到我這兒拿書，很嚴肅地偷偷跟我說：「小澍在打色情電玩，妳不要一味溺愛孩子，他的身心健全更加重要。」把我教訓了一頓。他離開後，我笑著跟兒子說：「史叔叔認為你玩的《天使帝國》是色情電玩，會傷害你的身心。我跟史叔叔說：『《天使帝國》裡所有角色都是女性，能夠色情的部分只是酥胸微露，這樣就會敗壞一個中學生的身心，那麼這個男生也太遜了吧！我信任兒子的品格。』」

我和他下個結論：「我們要無所不知，但有所不為。」他微笑，無語。

第二天早上我醒來，賴在床上，忽見兒子爬起來，我歡呼道：「喲，你今天比我還早起！」他說：「我是起來尿尿，」果然一上完廁所立刻倒頭再睡，直到中午才被我叫起來吃飯。

晚上送他上床，我又擠上他的床和他平躺著再聊一會。我享受他打開心門後的甜蜜。我幾乎是用喊的說：「小澍，如果你沒有功課壓力、我沒有工作壓力，咱兩個一起過日子，可真是賽神仙呢！」

休閒

小時候，我是個標準野丫頭，孩子耍的玩意樣樣都會。每天放學到家，丟了書包，就衝出去跟同學混在一起。幾乎玩沒多久就被母親拉長喉嚨給喚回家；不是叫我挑水、燒火做家事，就是把弟弟或妹妹綁在我背上。即使這樣，我仍然可以揹著娃娃跟同學捉迷藏、跳房子、追紅蜻蜓，甚至到河邊抓泥鰍。記得在中山國小時，每堂下課時間，我必然衝到操場跟同學玩躲避球，直到上課鐘響到盡頭，才飛奔回教室。

高中時，校園的游泳池永遠不放水，操場好像只用來升旗，體育課經常被借去補升學要考的課程。像我這麼任性的野人，竟然在當時的升學考——小學就得考初中——的機制中被「規格」化，成為紋風難動的「淑女」。

不知何時開始，我成為一株三點式移動的植物，每天從書桌到講桌、餐桌，日復一日，失去了戶外活動，而後也遺忘什麼是休閒。

曾經因眼睛在電腦前過於乾澀，查資料知道打桌球可以紓解眼睛，乃上網徵求一位付費教練陪我打桌球。明明只是為了調節眼球，來了一位念體育大學的桌球國手，遇上我這隻習慣用心上課的書蠹蟲，他就使出教練本色，像訓練選手般設計進度、嚴格教學、檢討進退。玩桌球竟然成為我另一件要努力的事情，變成壓力，最後只好收兵。

原來，我失去休閒的能力了。

兒子升學考結束後，新學年還沒開始，這是一段難得的日子，我放下手邊工作，把所有時間用於母子相處。

兒子遺忘考試、母親放下工作，就只是家常生活。日常生活原來如此平淡，可以說是單調。兩人每天睡到自然醒，母親如果起得早，就去買菜，準備一天的食糧。如果起得晚，就先預備午餐。

真正的一日活動，開始於午餐間的聊天，三點左右，兒子或看書、看漫畫或打電玩。我做瑜珈、準備晚餐。晚上一起行動，或聊天、看電影、打球或去七號公園跑步。

週六下午，兒子和同學到和平高中上他喜歡的電腦課。之後，與同學一起晚餐。

有一天，接連發生兩次強烈地震，第一次在我洗澡時，約十點。兒子在外面急叫，我迅速披衣出來，陪他蹲在牆角。這是我有生以來見過最大的地震，餐廳牆壁打橫斷裂一個長條。睡下後又有餘震，兒子光著腳丫跑過來撲在我身上，乃知他還是個孩子。

他仍然是個孩子，以他的方式撒嬌。有天晚上為他煮宵夜，他正被書吸引著沒動，我就回房看書。等他要吃了，跑到我身邊「嗯嗯」兩聲，我立刻知道，放下書，陪他去餐桌，共享我們的親子時間。

那個暑假，桌上打開的書，時常停留在原頁。是啊，這段日子，兒子遺忘考試、母親放下工作，只是平淡無奇的生活。你會知道：濃稠甘辛非真味，真味只是淡；神奇卓異非至人，至人只是常。

我懂得如何休閒了。

他不適應

考試結果出爐，兒子只能到淡水附近一所私立五專就讀。學校寄來的簡介印刷精美、內容豐富，他並無反感。之後順利註冊、入學、住校。

他從來沒有團體生活經驗，八月二十三日是他住校第二夜，打電話，他說像當兵，每天要跑一千二百公尺，我心底偷偷叫好，他需要運動。

星期六放學，兒子直奔新生南路，六點就到家。進門之後快步走進自己房間，關上房門。

我端著水果開門，他趴在書桌上，埋首在兩臂間。情況似乎不妙，千萬個問題想問，卻不知如何開口，拍拍他肩膀。

他沒抬頭，低聲說：「學校很差，都是圖片騙了我們。」

「那些彩色圖片可能是校舍剛蓋好時拍的照片。」我說：「不過，你不能用建築物的新舊來判斷一所學校的好壞。」

「建築物是目前校內最好的部分。」他嘆氣：「完全不像學校，早上要早起集合點名唱國歌，晚上睡前再重複一次，像軍隊。但又沒有軍隊的紀律，學長可以隨便打學弟，好像流氓。」

不必細述，我也能想像從師大附中的生態走出來，必然難以適應這種環境。

「媽媽」，晚上他跟我說：「妳可不可以搬到淡水去住？」

「為什麼？」

「那樣我就可以不住宿舍。」

「你從沒住過宿舍，可能只是暫時不習慣。」

「一間寢室住六個人，只有一個電插座，延長線可以連接出無限個插頭，煮咖啡、泡麵、吃火鍋……好像地下工廠。」他說：「我每天晚上都無法睡覺，別人都在抽菸、打牌、聊天……半夜才是學長的休閒時間。」

「那你怎麼睡？」

「我每天都戴著耳機，用更吵的音樂來蓋過他們。」

「其他同學都不喜歡住宿嗎？」

「我不知道，但是可以看到的是，全班沒有一個人想讀書。只想躲著教官抽菸、賭博、嚼檳榔、打架。」

「那你在幹什麼？」

「發呆，夢想海水倒灌或者十級大地震降臨。」

「好一個幻想家！」我輕鬆的回應，心底卻憂心忡忡。

打電話到學校。果然，除非父母戶籍設在淡水，否則一律得住校。

八月三十日下午，四妹開車載我去學校，順便看搬家的可能性。學校四周是一片荒煙蔓草，海風颼颼，凍得人發抖，難怪校方要學生訂購雪衣。我們找到男生宿舍，不曉得兒子住幾號房，請工讀生替我們廣播。宿舍吵雜，廣播器聲音太小，我們焦慮地等待。

當四妹提議上樓去找時，兒子突然奔到我面前，眼眶盡是淚水。這是他幼年以來第一次落淚。冷風冽冽，切割著我的心。只能勉力安慰：「忍耐一下，媽媽一定為你解決」。

那天，眼睜睜望著兒子走回他不情願居住的地方。回到臺北，立刻寫信、給兒子寫信，安慰他鼓勵他。我知道效果不大且他也不會回信。從此以後，每星期一都寄出一封限時信，估計星期三他可以收到，也許稍稍可以提升士氣，轉眼星期六就可以回家。

那學校四周極少住戶，買菜要開車到市區，我既不會開車也不會騎機車。搬家幾乎不可能。

有一次星期五颱風來襲，晚上八點兒子全身溼透衝進家門：「學校怕海水倒灌，要我們全部學生都搬離宿舍快回家。」

那天晚上，兒子守候在電視機前，等待星期六停課的消息，直到半夜一點，沒有公布任何訊息，只好快快上床。

其實我知道，既然是颱風天，星期六只上四節課，即使不去上課，學校也不會怎樣。但他又是守規矩的人，我仍然叫了一部計程車，送他上學。臨走時他在電梯口問我：「下週有沒有放假？」我趕回家看日曆回說沒有。他立刻又問「那下下週呢？」

那年臺海兩岸正緊張，大家都擔心對岸飛彈來襲，我卻聽到兒子在電話中跟同學說：「希望飛彈快快降臨淡水，我們就不必上學了。」

學校也許並不差，但確定不適合兒子。

五專半年

在一個個考區輪番陪考的過程裡，明顯可以看出學生的態度。最早的公立高中聯考，考場如戰場，考前五分鐘，學生還死抱著書啃，考場一片肅穆。越到後來，學生態度越輕鬆，抽菸、聊天、提早繳卷。顯然不在乎考試、不在乎念哪個學校。

兒子成績不好，就這樣被刷進了後段學校。他不適應，因為他的品質是在附中養成的。以前，為了讓他能讀師大附中國中部，在他幼兒時，我就把戶籍遷到大姊家；同時，我知道師大教職員子女也有保障名額，我怕萬一有意外，所以做了雙重保障。

附中的孩子不怎麼重視成績，但沒想到兒子的成績遠遠落在附中之後。顯然，好學校考不上，其他學校，兒子無法適應。

「你願意出國讀書嗎？」我問他。

「願意。」

我知道，這回答，只因走投無路。

「出國讀書，要等明年，我立刻打聽如何出國。但你答應我——這學期，你就當作在學校玩，成績好壞無所謂，你儘管輕鬆過日子。」

「好。」

他真的肯留在學校。叫他玩，他卻不是放得開的人。我從不主動問他課業，只見他週末都揹著一大堆書回來做功課。

有一天，他告訴我：「上週我拚命弄數學，就搞懂很多了。」又說：「我們的文化史課本編得很爛，叫我如何讀來準備考試？」

叫他把課本帶回來借我看看，竟然真如他所批評。我非常肯定他的評鑑能力，比他考一百分還讓我開心。

我對他的課業有了興趣，知道老師把地理考題先發給大家，我和他一起準備答案，十一月十一日，我問：「地理分數如何？」他說：「只有四十五分」天哪！這是我們幾乎花了一整天時間合作的傑作呢！我竟然害了兒子。

「不要難過，我的英文也考得不好，但有及格。」

那天晚上，我們不再為分數難過，兩人聊天，談到《西遊記》的二心競鬥，我說：「比方說小澍生媽媽的氣，離家出走……」他立刻打斷我：「絕不可能。」

第二天，他買了一套十七冊的漫畫，花了一千元。我說：「是為了慶祝考試成績不好嗎？」他說：「是打折啦，這樣很便宜呢！」

當晚，兩人都很晚才睡，第二天早上醒來，答錄機有汪師母留話。原來老師在金山南路郵局有掛號包裹。這不近不遠的距離，只有我有腳踏車，最方便，要我去取。我立刻過去。回來跟兒子說。他大笑。

就讀五專的日子變得輕鬆多了，母子怡怡，咱們那一成不變的新生南路老舊公寓，竟成為我們的桃花源。

休學好讀書

五專休學後，約有五個月時間，兒子勢必得惡補。他對補習並不陌生，國小就參加過英語班、電腦班、繪畫班……。國中時，他父親把他所有課後時間都安排了一對一的專人補習，從下午六點半到晚上九點半，由一位女性家教補習。星期六、日則是全天：上午、下午、晚上各安排一位家教。我沒有管轄權，只被通知一個月提供二萬五千元補習費。

從兒子聯考的「成果」，應該知道他已罹患「厭補症」。現在，又要他接受補習，不能不用點心機。

我說：「九月初你就要入讀多倫多高中一年級，全部要用英語上課，你覺得要不要先加強一點英語會話？」兒子很為難，答不出來。

「張阿姨在師大國語中心教書，請她找一位最和藹可親的外國人來陪你聊天，只是隨便聊天，沒有任何壓力，你覺得呢？」他勉強同意了。

沒想到這兩人一拍即合，蓋兩人都是「星艦奇航」（*Star Trek*）迷，談起共同看過的部分，兩人都很亢奮。更重要的是，臺灣電視臺常把這部影集用來墊檔，經常時斷時續，影迷叫苦不迭。這位外國老師可以補充兒子沒機會看到的部分。

每次，送水果進房間時，總是看見兩人談得眉飛色舞。兒子後來跟這位家教成為好朋友，到多倫多後還保持聯絡。我心中暗暗高興，這是一個好的開始。

外國人一週只來兩次，聊天而已。

「一對一講話，談話內容經常圍繞在同一個範圍內。何況，你只熟悉他一個人的表達方式，這樣好像不夠耶，」我哄他：「你要不要參加團體班英語會話，跟其他人講英語？一定很好玩！」我知道他不喜歡這種補習班的上課方式，但他答應試試，我立刻把他送進一週兩次的科見美語。

兒子在學科上沒有任何專長，只喜歡打電玩，也就是說，他對電腦稍有認知、也有興趣。我說：「你要不要增加更多電腦知識？那樣你一定可以玩更多遊戲。而且電腦拋錨時，你自己就會修理。」他很快答應了。就這樣，又請了一位大學資訊系講師到家為兒子補習實用電腦。

在臺北資訊展覽，兒子看上3D動畫，這次是他主動想補習，就參加大亞電腦的課程。

記得是四月六日，早上他去科見上課、下午補昨天未上的兩小時電腦家教、晚上再趕六至九點的大亞電腦。那天晚上，兒子躺在床上說：「好累！」，全部聽進去了，才會覺得累，他已經完全接受這些課程。

兒子自從上了大亞3D課程後，覺得講師的電腦知識已經沒有必要，價錢又是教授的鐘點費，這是唯一提前結束的補習。

五個月塞滿補習的休學時光，卻是兒子有生以來最用功的時候。

移民去留學

出國讀書？其實，我跟兒子對「留學」都毫無概念。他只是走投無路，想逃到外面。我呢，只是答應了他，就得全力以赴。

以我書呆子的習性，就當成一個題目來「研究」，先蒐集資訊、打聽留學管道、諮詢各方朋友。

過去我出國的機會都在東南亞，兒子如果放在這裡，有熟人可以就近幫忙照顧，我也可以每週搭機去探望。評估結果，只有新加坡比較適合，這裡高中畢業，可以直接申請北美的大學。我也曾在新加坡遇到從臺灣過去的中學生，他們並不喜歡新加坡，理由是生活太單調。我放棄新加坡的原因是結算出來的費用過高，我負荷不起。

芝蓉成為我最重要的救命索，她說：申辦加拿大移民，不但可以學費全免，還可以領牛奶金，如果移民成功，不論學生在臺灣成績多差，加拿大學校一定會收留。

必然是上帝幫了忙，或者那時申請移民很容易，不到兩個月我就通過了作家移民，中間還免去面談的門檻。事情進行如此順利，我想，冥冥之中命運指引著我們走上這條路。

在出國前一個月，兒子的叔叔親自登門，轉述他父親的宣示：「只要孩子離開臺灣一步，我就不付一分鐘、不付一毛錢。」之前，當兒子想出國時，我已透過各種管道包括這位叔叔向他「請示」出國讀書的可能與意見，均未得到任何回應，直到我們看好學校、訂了機票，他才丟來這句話。我沒有回應的機會，只能勇往直前。

為了因應逼迫而來的經濟問題，我決定放棄壽險、騰空三十八坪的房子整戶出租，這得先消滅四十六個書架及書；其次，所有家具請求兄弟姐妹親朋戚友到家裡想拿什麼就拿什麼，全部搬光。

為此，出國前我先搬到母親家把房子讓出給房客住，一週後再飛往多倫多。

我手上正執行的抗戰文學計畫案雖然申請延後半年交件，但出國前得把臺灣的工作先結清，出國前兩星期一直在拚命趕工中。

這是移民嗎？在出發前一夜我還在趕抗戰案，半夜兩點才開始打包行李。清晨五點，傴僂的爸媽親自送我們下樓，母親跟兒子說：「小澍，以後你就要跟媽媽相依為命了。」她說話的神情，不像是生離而是死別。對母親來說，加拿大冰天雪地，跟到北極差不多。

我沒有傷別的精力，在這麼短的時間內，把臺北的家完全「消失」掉，馬上要在陌生的多倫多重建一個家。我的命運正高速輪轉，現在只是開始，連喘氣的時間都沒有。

既然做了過河的卒子，只能前行。

蘇文牧犬

「請妳來溫暖熱情的馬來亞妳不肯，竟然去那人生地不熟的多倫多。」老K說：「那邊冬天有四個月雪季，我查資料，是零下二十度，請打開妳家冰箱的冰庫，如果把妳丟進去，想想，妳受得了嗎？」

「多倫多的人都活得好好的，你自己沒經驗，別嚇人。我早有心理準備要在寒帶過冬。」我說：「蘇武根本沒有想到會被匈奴扣留，在冰天雪地牧羊十九年。比起來，我是有備而來，幸運多了。」

「原來妳跟蘇武是一掛的？」

「豈止，我是蘇武的姊姊，我叫蘇文。先有文，才有武。我當然是老姊。」

「那妳去北海幹啥？」

「牧我的小犬啊！」

兩個月後。

「老K，多倫多六月的氣溫比馬來亞的雲頂還涼爽宜人。可是，我竟然比蘇武悽慘；蘇武在北海除了牧羊，什麼都不必做。我在多倫多，除了要牧犬，其他什麼都得做又什麼都不會做：我不會說英語、不會開車、不認得路、不懂西方文化，文盲加上物盲，走在路上，只是一個移動的垃圾。」

「妳不是說有位朋友介紹妳去那裡嗎？」

「她人在臺南教學，八月才能來。在這裡，我沒有親人、沒有朋友……卻要建造一個溫暖的家，讓小犬身心舒泰才能全力應付功課，嗚……哇……」

「嘿，妳不是說妳是成家高手嗎？」

「別拿我的玩笑話來堵我。來到這麼陌生的地方，我個人生存能力都有問題，還要讓兒子有安全感，對我而言壓力實在太大。你該安慰我、鼓勵我才是啊！」

「妳中學上過英語課，只要勇敢的說出第一句哈囉，緊接著以前讀過的單字就會慢慢滾出來，我去英國讀書時，不論說還是寫，英文都會慢慢自動回轉來。」

「偏偏我的中學英語不肯滾出來。我以為東方人對東方人應該比較和善，我住處對面有兩家韓國超商，沒想到對方一看出我是新移民，在結帳時就欺負我。我既不會說韓國話，又說不出英語。在這裡，我既聾又啞，根本是殘障。」

「心理不殘障就好啦！」

「我好想臺灣！前天跟小犬說，我並沒有做長久居留的準備，如果他無法適應這裡的環境，我們就回臺灣，反正那邊只是休學。沒想到他說：『回臺灣讀書是絕不可能。』看來我只能死心塌地的適應這裡。」

「他一去就完全適應了？畢竟小孩適應能力比大人高。」

「他的考驗還沒開始，學校還沒開學。目前只在補習班上課，看他回家時的表情及談話內容，就知道他日子一天比一天好過。記得他第一次補習回來，就只會嘆氣，什麼事都做不下。」

「孩子適應就是快。妳其實也是個長不大的孩子，很快就會適應的啦！」

「哼，叫你安慰鼓勵，卻盡說些風涼話。你不知道，消失一個家很容易，在異域白手重建一個家，怎一個累字了得！我更知道，一切都得靠蘇文自己。我的弟弟蘇武既然可以無依無靠牧羊北海十九年，我就不信做老姊的牧犬撐不了兩年！」

補習

只要有華人的地方，就有補習，六月我們到達多倫多，很快就找到臺灣人開的補習班。老闆為兒子先做英文測試，結果出爐——英文只有小學一年級程度；可是，九月四日他就得進讀高一。

「非補不可，」老闆下結論：「一週至少得補四次，每次九十分鐘兩節課。」

顯然，臺灣五個月的惡補效果不夠，面對非補不可的境遇，兒子非常猶疑，畢竟這地方太陌生啊！連我心底都感到無限荒涼，但在兒子面前，我裝得很輕鬆：「這不是學校，只是補習班，我們先按照老闆的安排上看看，如果覺得辛苦，就減少一些課程，甚至停補也可以。」

兒子無路可走，勉強答應一試，所有課程都是一對一教學，除了老闆本人教授英文文法，其他英文、自然、歷史都是多倫多大學的博士生教授，學費恰好跟我在師大的教授鐘點費一樣。

過了一星期，兒子沒有叫苦，看來課業不重。我有點貪心，想再加上一週五天的團體會話班，跟補習班老闆商量，沒想到他說：「Chester的會話不必急，妳如果希望他更用功，我們增加一些作業就可以了。」

過幾天，兒子果然叫道：「補習班的功課怎麼越來越多？」我看他可以承受，也就沒吭聲。

我一直擔心兒子用在讀書的時間比打電玩的時間少，有一次他從晚上七點做功課，直到深夜三點才結束。我送他上床時，他說：「我自己都沒有想到坐了這麼久，褲子都坐濕了。」我們房子是有空調的，他竟比我還坐得住。往後，他在家醒著的時間幾乎都坐在書桌前。

我們雖然六月拚命趕早來多倫多報到，還是來不及註冊，開學時兒子沒有選修到他比較有實力的電腦課程，他很失望，雖然明年暑假還可以選修，但目前如果有一門比較有信心的學科，對他來說是多麼重要。

終於到了九月四日開學日，送他上學之後，我就在家巴巴地等著，終於等到放學時間，兒子一推門整個人撲通跌在地上，我嚇得趕緊上前攙扶。他沮喪的說：「一句都聽不懂！」。

天哪！我心裡叫苦。表面卻不能不安慰他：「沒關係，咱們只是來試試這個新環境，如果它不適合你，還可以回臺灣復學。」

這句話似乎讓他更加焦慮：「我死也不回去！」仍然癱在地毯上。

學校不替學生蒸便當，我學外國人給他做三明治。第一天，他原封不動帶了回來。第二天告訴我說不用帶，事實上他在學校也沒吃午餐。我說：「這樣不行啊，書可以念不好，健康不能沒有！」

第三天中午他喝了一杯牛奶，「有進步吧？」他說：「妳不用擔心我的午餐，我一定會開始吃東西啦！」

這時，接到妹妹的信，說：「小澍的英語馬上就呱呱叫啦！」我不敢轉告兒子，心底暗暗地想：其實是唉唉叫呢。

兒子催我打電話問補習班老闆到底該怎麼辦？沒想到對方輕鬆的跟我說：「鄭媽媽，不用急，小孩子兩星期就適應了啦！」我立刻轉告兒子。

他更焦急：「那怎麼可能？星期三開學，星期五就過完第一個星期，再上五天課就會適應？怎麼可能！」

兩星期後，問他，已經不緊張了：「現在至少知道老師上課在幹什麼。」

心頭大石終於落了地。

＊＊＊

兒子每星期二、三、四、六去補習。兩星期後，他說前兩天課業比較重，星期六的文法及會話對他來說已算輕鬆。所以星期四下課後像放大假般，一回家先上網玩個夠。

補習老師給的功課花樣很多，除了一般的記誦，有時要作文或者縮寫文章，且分量越來越多。某天星期二的功課除了要作九十六個造句，還要作文及縮寫文章等。下午五點下課時，他衝到家就奔向電腦，邊開機邊說：「今天功課很多，先休息一下。」

飯後，開始做功課，開學前，每晚都三點以後才上床，第二天中午十二點才叫得起來吃午飯。

漸漸的，我發現他的功課又行有餘力，就偷偷打電話請補習老闆加重課業。果然，他當天回來嘆氣說：「今天功課好多！」。

開學後第一次期中考成績，補習老闆相當滿意，唯有英文五十四分（全班平均五十九）讓他難以接受。他打電話跟我說兒子的程度應該在六十五到七十之間，平常學校小考的卷子他都注意看了，怎麼會有這種分數？老闆說下星期有家長會，他要我跟他一起去約見英文老師，想知道英文到底哪裡不好？

後來是補習班老闆娘帶我去見兒子的英文老師，她像連珠砲般問了很多問題，我聽老師說兒子第一次考試只拿到十分，最近考試都不錯，他的文法很好，最近考八十五分，說著說著，老師越說越多兒子的好話。看起來竟像是老闆娘逼出來的，她當場轉頭用中文跟我說：「老師一直說不出Chester哪裡差，只說他好，可見她把分數算錯了」。

回家後把經過說給兒子聽，我們並不那麼在乎分數，都開心的笑起來。

補習進行得順利，反而讓我有精神去感覺經濟的壓力。房租及補習費成為我沉重的經濟負擔。每月看著存款簿有出無進，且即將存不敷出，叫我怎能不焦急？

想想，房子早已訂約承租一年，唯一的機會是停止補習。我希望十二月到期的文法及成語可以停補。其他課都再上一期也停掉。

我問他補課情形，多半是老師出題目讓他作文，有時給他一篇文章或一首詩，要他寫讀後感，然後為他批改、講解、討論。

我認為這很容易，我在馬來亞的朋友留學英國，把作文寄給他批改就是。聯絡之後，才知他調職到偏遠鄉村，沒有傳真機而作罷。不過，他仍然主動寫信給兒子，希望通信可以增進英文能力，可惜往返郵件實在太慢。更重要的是，不擅交友的兒子根本不回他信。

他目前有幾位同學，時常約他下課後一起打球，我非常希望他也有社交生活，如果下課不補習，就可以跟同學一起打球。

「你可以不必再補習了。」我像宣布囚犯大赦一般高興地說。

「有些課可以慢一點停嗎？」我真意外，一向不肯補習的人，竟然要繼續補。

「哪些課可以停？」

「文法最簡單，可以停掉。」

「為什麼簡單？」

「那只要看一看，背起來就可以了。」

所謂的「有些」原來是另外三門課，他全部想繼續補。

來到多倫多這一陣子，花錢如流水，我已經窮到不知道自己有多窮了。這時竟是迫切希望兒子能夠配合停補：「其他功課，你都跟不上學校嗎？」

「自然課如果不補我覺得會跟不上學校的課業。」他完全不知道我心中的想法：「另外兩門都是補課外的英文，一位主要教作文，一位教閱讀。老師有時會出題目叫我作文，上次跟妳討論青少年跟成年人的不同、對加拿大擴大禁煙的看法這些就是他出的題目啦！」

我記起來了，這位老師的點子每次都不一樣，有一次要他買一份英文報紙，找一篇文章寫摘要及讀後感。有時給他一篇文章，多半是一篇短篇小說，偶爾一首詩，叫他自己讀，上課時老師提問，他回答。他居然喜歡這種方式：「這個考驗比較大，我必須立刻思考立刻回答。」這位人類學博士生老師給的文章都直接從書上撕下來給他，用完也不回收。

兒子立刻取來最近的一篇，是七頁的小說，他昨天晚上看完，有一百一十一個不會的單字，他把這些單字都查字典並寫在另外一張紙上，今天上課就要討論此文。

他把故事大綱講給我聽，然後告訴我老師主要談故事內容，大約想知道兒子是否看懂內容及文章的基本特色，沒有涉及小說的內在意義。我提出這篇小說的幾個可能涵義，兒子很喜歡談這些議題。

我曾經斬釘截鐵跟四妹說「該月二十三號到期就要把補習停掉」的話，只好收回來。妹妹回信說：「臺灣小孩哪個不補習？妳還是讓小澍補吧！」

「我想停補，實在是因為我們是窮人，想節省。」我說：「不過，如果你認為對你真的有用，就繼續補吧。反正已經是窮人，再花錢還是窮人，差不多啦！」

兒子開心的笑了。

我承認金錢固然重要，但有更多金錢買不到的東西。兒子有認真之心，我怎能不支持？

直到第二年暑假，兒子主動叫停，整整補了一年，他得到的是信心。

比爾．蓋茲的引力

比爾．蓋茲是影響當代社會最重要的人物之一，他改變人類的思維、創造、工作，乃至生活、閱讀與娛樂等方式。電子網路解構了人類過去的世界；今天，坐在一臺電腦前，就可以活生生的觀看整個世界。

比爾．蓋茲對全球的影響不論有多大，對我十六歲的兒子來說，只知道他是世界首富。當年，他只帶著蓋茲的著作《擁抱未來》（*The Road Ahead*）離開臺灣。

那時候，哪裡有可預見的未來讓兒子擁抱呢？即使是我，眼前也一片空白。我唯一的骨肉，在老式父權的管教下、在臺式聯考的折騰下，已經身心俱殘，他要我帶他遠走高飛，不是觀光、不是留學、不是鍍金，只是逃離。

他和臺灣許多小孩一樣，從小喜歡漫畫、動畫、電玩。為了這些嗜好，時常得對付當機的電腦，自然會熱衷電腦常識，也在這些資訊中，發現了比爾．蓋茲在資訊業裡神奇的王國。在他模糊的概念裡，比爾．蓋茲必然是最成功的人物。

我也抽空閱讀《擁抱未來》並向兒子做讀後報告：「比爾．蓋茲簡直是一位預言家，他多年前提出的看法，後來都在世界兌現了。他也是一位很有創意的經營者，在商場上無往不利，成為世界首富。」

兒子說：「弄電腦居然成為首富，原來喜歡電腦也可以賺大錢……這個點子不錯。」

「賺大錢就是人生最大目標嗎？」我問。他哪來的這種價值觀？

「至少大家都這麼認為。」兒子說。

我不以為然，一時卻找不到反駁的話，想想自己：既不曾賺過大錢，也沒有成就什麼事業，有什麼資格批評呢？

一九九八年，比爾．蓋茲捐出一百五十萬美元給國際愛滋病疫苗研究機構。第二年，蓋茲以一百七十億美元啟動他自己的基金會。二〇〇〇年在西雅圖舉行的數位落差會議，蓋茲在會議裡大聲疾呼：「要解決第三世界國家的貧困問題要從照顧健康開始，忘掉個人電腦吧！」兒子告訴我：「比爾．蓋茲從電腦專家轉變為慈善家了。」

我用心看兒子給我的資料，蓋茲不僅是目前全世界最會捐款的慈善家，五十二歲就退休，身體力行去實踐他的慈善之路。兒子說：「他要再度改變世界了。」

從兒子臉上，知道多年前讓我擔心他拜金的價值觀已經改變了。

史蒂芬・霍金

兒子的家教知道他喜歡《星艦奇航記》（*Star Trek*），就介紹史蒂芬・霍金（**Stephan Hawking**）的著作《時間簡史》（***A Brief History of Time***）。這是一本探討宇宙起源的書，曾經被譯成四十餘種語言，全球銷售已超過一千萬冊。

兒子跑了兩趟圖書館才借到，他只上了七個月的英文，必須一面讀一面查字典。全書只有一百八十七頁，他很想利用春假把它讀完，說：「這本書，文字簡單，意思艱深，可能讀不完，只好先讀最重要的部分，」顯然他很有興趣，春假果然沒讀完。

讀完後，他又忙著到處蒐集霍金的資料。

「你這麼喜歡他？」

「現代物理的理論終極還是跟哲學結合，霍金證明了現代物理的理論比《星艦奇航記》還要奇詭迷人，憑這點就夠了吧？」

他高三時，霍金應邀到多倫多訪問。兒子白天必須上學，無法到多倫多大學聆聽霍金演講。只能每天放學衝回家守候在電視前，看科學新聞、看加拿大本土製作的《Discovery》中的霍金專輯。

那一陣子，我們聊天的主題全是霍金，兒子告訴我他是一位重度殘障者，執教於英國劍橋大學，他的輪椅經過校園時，身後總是跟隨著一長排仰慕他的學生：「好像噴射機飛過天空留下的一道白線，遲遲不肯消失呢！」、「霍金是繼牛頓、愛因斯坦之後，排名世界第三的物理學家。」

有一天，我在廚房洗碗，聽到兒子大叫「媽媽快來！媽媽快來！」我衝進他房間，他興高采烈地指著螢幕說：「這就是霍金！」

「天哪！他長得這麼醜──」我不小心用錯一個字。果然，立刻有反擊：

「媽媽，不可以面貌取人哦！」

「我不是這個意思──」一時說不清楚。我實在不敢相信自己的眼睛，雖然早知道兒子崇拜的偶像是位殘障科學家，但做夢都沒想到他的肌肉萎縮症竟是如此嚴重！

他像一攤鬆垮的肉，堆擠在特製的輪椅上，他不但全身沒有動彈能力，竟然也不會說話，可是他正在接受電視臺訪問。

訪問節目中穿插播出霍金在大學的演講實況，不僅表現他超人的智慧與學養，還有無限的幽默與風趣！他利用電腦合成語音講完一句話，臺下立刻一片笑聲，接著熱烈的鼓掌。當他再度發音，臺下立刻悄然無聲。臺上臺下配合得天衣無縫。真是讓人感動欲淚！

「前面我用錯字眼，對不起！」節目結束後我跟兒子說：「我也崇拜他。」

還有一次，兒子急急把我拉到他房間。電視正播《星艦奇航記》：「媽，妳等著看，霍金親自客串一角。」

「演誰？」

「演他自己。」

螢幕上有四個人正在打撲克牌，那是霍金、牛頓、愛因斯坦及《星艦奇航記》裡的角色Data（百科）。

牛頓最先退出牌局，最後是霍金贏了，但霍金並沒有收下籌碼。

「這是本世紀最偉大的三位科學家的休閒聚會，它隱喻了他們三人的學術生命進程，」兒子說：「愛因斯坦解決了牛頓物理無法解決的問題，置它於相對論裡的特殊情況。愛因斯坦因在量子學的貢獻而得到諾貝爾獎，但他並不相信量子學。霍金研究的量子學卻詮釋了相對論裡無法說明的『黑洞』。」

「電視上的霍金雖然贏了牌，但瀟灑的他並沒有收下贏得的籌碼。這意味著遊戲永遠正在進行中，有一天，霍金自己也會被超越，所以，他認為並沒有真的贏。這是他偉大、謙虛又幽默的地方。」

我很驚訝兒子的詮釋，也理解他迷戀霍金的原因，不只敬佩霍金的科學成就、無比的創造力，更喜愛霍金寬大的胸襟、獨特的幽默風格。

兒子說，在大學校園裡總是有一群仰慕而跟隨在霍金身後的學生。我想，他的著作、他的思想，無論走到世界任何角落，總有一條看不見的朝聖團跟隨著他。連我這個物理盲，沒有機會接觸他的學養、智慧、風格，僅僅間接認識這些，就已經夠敬愛他了。

＊＊＊

霍金是當前英國劍橋大學應用數學和理論物理系的終身教授，如此光榮的職位，之前只有牛頓享有過。霍金一直被認為是「活的愛因斯坦」，因為他是繼愛因斯坦之後最傑出的科學家、思想家。

霍金在一九四二年出生於英國牛津，二十一歲時，醫生診斷他罹患運動神經元病，將會全身肌肉逐步萎縮，最後癱瘓，必須終身困坐輪椅。這種病患通常二至三年內就會死亡。得知病情後，霍金只經過一段短暫的失望和沮喪，就又繼續他的宇宙學研究。

我在電視上看到的霍金已經完全癱瘓、無法說話，全身只有三個手指能活動。當他的肉體逐漸枯萎時，他的學問卻是日新月異的起飛，且不斷得到各種獎章、榮譽博士等殊榮。

他在相對論、「大爆炸」和黑洞等領域得到傑出的研究成果。在一九八八年出版的宇宙學著作《時間簡史》不但是一部難以超越的學術著作，竟然也是行走於全世界的暢銷書籍。

他表達思想的唯一工具是一臺電腦語音合成器。用僅能活動的三個手指操縱一個特製的滑鼠在電腦螢幕上選擇字母、單詞來造句，然後通過電腦播放聲音。通常製造一個句子要五、六分鐘，所以，要完成一個小時的錄音演講，必須花費十天時間來準備。

樂觀和幽默使霍金度過人生最困難的時期，後來他反而認為殘障不但沒有給他帶來太多障礙，反而有助於他安靜思考純理論的問題。

很難令人想像，霍金是個活潑、幽默、外向的人，如此重度殘障，他卻經常樂於出國演講，且總是得到極熱烈的歡迎。

不論透過文字還是影像，我見到霍金的外形似乎永遠都是這個樣子：乾癟抽搐、全身完全癱放在輪椅上，撐不起來的頭顱倒向一邊歪靠在椅背上，一張無法合攏的嘴在人前努力地做著微笑的樣子，口水總是從右邊的嘴角流到光潔的下巴上，護理人員要不停地為他擦口水。

這位二十四小時都需要被護理照顧的重度殘障者，在一九九〇年發生了一件震驚世界的社會新聞：霍金宣布跟他結婚三十年的妻子離婚，五年後，又跟他當時的貼身護士結婚。

他的第二任妻子是前妻聘請來照顧霍金生活起居的護士。前妻對於這位護士的橫刀奪愛非常不諒解。這場家務戰爭，對於要走進歷史中的偉大科學家來說，本來無關緊要；但是，這個愛情爭奪戰告訴我們：人的外表實在不重要。一個人最有價值的地方是大腦。用自己的腦力創造智慧，就能散發出無窮的魅力。

他的物理夢

兒子在《星艦奇航記》初識物理、愛上物理，後來知道裡頭有些地方是背離物理原理掰出來的，這使他更好奇：到底幻想和現實有多少距離？

他以為這個問題可以從《時間簡史》得到答案。那時候：「連英文都還不怎麼樣就去看這麼深奧的書的確很困難，不過當時也只是把他當作挑戰，看不懂是理所當然啦！」多年後，他自己說：「其實到現在也不完全了解裡面的理論，因為那本書只解釋理論的內容，並沒有解釋如何發現這些理論。」

他非常興奮的是：現代物理比科幻還要不可思議！

經由物理，兒子又愛上哲學。哲學是基於邏輯，而邏輯是基於一般觀察，例如：一個東西可以同時存在又不存在，在哲學裡完全是荒謬的事，但現實找到科學根據，迫使哲學必須更新。

高中時，學校替他們做了一個很仔細的性向測驗，其結論之一是他適合做思考性的工作，換言之，適合走物理這一行。

申請大學時，的確再三考慮著物理系。

「如果國中時代就在多倫多讀書，那麼高中時就可以輕鬆應付其他課程，我現在應該有勇氣選擇物理系。」他說：「科學的突破很少發生，只有極少人有傑出的貢獻。如果在自己最喜歡的領域什麼名堂都闖不出來，就太遺憾了！」

物理一直是冷門科系，許多得到諾貝爾物理獎的科學家，在求學時代都曾經考慮畢業後難以找到職業而想放棄物理。瑞士科學家繆勒是因美國在日本成功投下原子彈而就讀理論物理，後來才知道物理畢業很難就業，打算轉讀電機工程，後來被科學家泡利勸阻，才繼續攻讀物理，但他為了不要畢業就失業，特意讓博士念了八年。那時，他自己必然沒想到會在一九八七年獲得諾貝爾物理獎。

在多倫多，兒子打聽到大多數物理系畢業生都轉任其他工作，經過再三考慮，最後放棄了他的物理夢，選擇電機系。

兒子始終對物理充滿興趣，目前只做一個欣賞者：「可惜物理界發展太慢，不是每個月都有新的東西可以讓一般人共享。」

他喜歡什麼

我們生存的環境一直用成績來定義孩子的好壞高低，兒子國中時各科成績都不好，而且每下愈況。在國中部擔任行政的小妹打電話給他父親說：「小澍成績很差喲，怎麼辦？」得到的回答是：「我早已放棄他了。」所以，很難考證出，兒子何時被歸入放牛班，他似乎很快接收訊息自動成為自暴自棄的「棄兒」。等他回到我這裡要升學考時，臉上肌肉已經完全擠不出笑容。

考季結束後，兒子沒有離開的意思，母子總得有一些活動吧？

「哇哈！考試終於結束啦！」我打起精神，高聲對他喊著：「咱們別再理會考試跟升學那勞什子，你想玩什麼就玩什麼！如果你想獨自玩，你就自己去；你若想我陪，別忘了，老媽二十四小時隨時應召哦！」

有一天，他出「招」了：「世貿正在舉辦資訊大展，妳可以陪我去逛嗎？」

當然，這工作對我來說太簡單了，電腦文盲緊緊跟在他後頭走就可以了。趁這機會，從後頭仔細瞧著陌生的骨肉。第一次看著他閒閒的逛、慢慢的走，顯然沒帶任何目的來。最後，他停在一個3D著作程式的軟體面前，靜靜地瞧、定定的看。我面對他專注的眼神、怡然的臉龐，那是和之前低頭冷眼閉嘴不語完全不同的氣色。

好久好久，他回頭跟我說：「那個東西不是用手畫的，竟然能做得這麼漂亮，真棒！」

回家後，他到處翻閱報紙廣告，終於在重慶南路找到教授3D動畫的公司。我們報名學3D Studio Max。學生不多，但都是成年人，顯出他的年紀最小。原先沒有什麼程度，很擔心他跟不上會對自己失望。

第二次上課回來，我忍不住問了。

「老師上得好快，幸好我有興趣，也聽得懂。」我偷偷翻閱他的筆記，密密麻麻記了很多我看不懂的東西。

我大為放心。他總算在茫茫學海中找到一個有興趣的點，讓他有方向可以努力。

有一種原價二十萬的3D繪圖磁片，學員都買不起，只能買部分使用的教育版，當時我已經把三萬元給了兒子，老師知道他不久要去加拿大，就說教育版將來不能更新，叫他暫時別買。

移居多倫多後，他仍然著迷3D繪圖，要小舅替他劃撥郵寄磁片，一收到磁片，立刻跑去書局買兩個月前他看上的《Inside 3D Studio Max》，當時沒有磁片不敢買，沒想到多倫多書籍好貴，他身上的錢不夠。跑回來拿錢，再衝過去，週末書局竟提早關門了，使得他痴痴的又等了兩天。

我第一次見他做事如此積極。

隔一週，他又去買另一本又厚又貴的《3D Studio Max Material and F/X》。接下來連放兩週聖誕假期，他天天足不離桌，都在搞這玩意。

有一次跟朋友的兒子聊天，他說全世界最好的三個電腦繪圖公司都在加拿大，且加拿大又有一個最好的相關研究所，電影《侏羅紀公園》中的電腦繪圖就是請該校師生做的。結論是：要學電腦繪圖，到多倫多是走對了。我們母子聽了當然萬分開心。

兩年後，兒子放棄了3D繪圖。後來相繼出現很多新的軟體、製作程序也不斷改變，他只注意行情，不再抓狂似的苦苦跟隨。

聊天時問起，「小時候完全沒有繪畫訓練，矇著頭自學還是很難。」他說：「更重要的是，我的興趣轉到物理，也就停下來了。高一才到這裡，要學的東西實在太多了。」

「每個人都在摸索過程中尋找最適合自己性向的工作。」我說：「3D繪圖就是你尋找興趣與自我學習的好機會，過程本身就很值得。也許你會永遠放棄、也許將來你會回頭拿它當休閒來玩，都非常好。你沒有浪費時間與精力。」

成績

兒子就讀全臺教學最正常的師大附中國中部；慚愧的是，三年成績都不太「正常」，這純粹是個人問題。

這三年凡是主要學科都極差，國文是三個C三個D，英語是一個C五個D，數學是兩個C四個D，生物是兩個C，理化是四個D，而且一年比一年差。

雖然在臺灣惡補了五個月，到了多倫多，才知他有點程度的僅有3D動畫，他和芝蓉專攻電腦機械繪圖的兒子很談得來。可惜兒子剛來時沒選修到電腦課。可以說，在多倫多一開學，他一無所長，每一科都從零開始。

我很擔心他跟不上程度而過分氣餒，打聽出這裡每科只要五十分就及格，趕快把這好消息告訴他，得到的回答是：「這是義務教育的最低要求，我們總不要做低等公民吧？」我一時語塞。

高一首次發下的成績單，上面除了有個人每科分數，還有全班平均分數可以對照。兒子的藝術、歷史、工藝、打字等都高出全班平均值四到九分，數學九十二分，全班平均六十六分。自然六十八分低於平均三分，那兒的自然對移民學生來說很難，太多專有名詞要背，補習老師說這個分數已經很好。

學期末的成績，除了體育退步，其他都不錯，自然已經有八十五分。這一年下來，他似乎準備攻讀理科。「但是」他說：「目前唯一的問題是英文不夠好」。

在這個大量收納移民的國家，凡是英語非母語的學生，英文課都會依不同程度分配在ESL（English as second language）班上課。他最初分在ESL第三級。第一次月考英文得五十四分（全班平均五十九），第二次月考七十五分（全班平均六十），第三次月考八十三分（全班平均五十八）。接著利用暑假修讀Summer school的ESL第四級，結業時九十二分。開學後升入英文Transition班，次年入讀英文正常班，最後一年讀申請大學必修的OAC（Ontario Academic Credit）英文課程。

學校成績單都附有教師評語，有一次英文科的評語是：

「Excellent participation in class, asks intelligent、helpful questions.」

我幾乎不敢相信這些言詞真的屬於我兒子，他那麼內向，從來不主動跟人接觸，更不主動說話……我沒有告訴兒子我的懷疑，只是抱著成績單，高興得睡不著。

翻閱兒子國中成績單，絕難想像在那樣程度的四年後，兒子同時申請約克大學物理系與多倫多大學電機系時，接到約克大學電話，勸請兒子如果前往約克就讀，將會提供獎學金。他最終選擇多倫多大學電機系。

大二時，我們收到成績單Academic Status寫道：Pass with Honours。那年五月，收到一張通知說兒子得到 Ontario Student Opportunity Grant for the 2000-2001 academic year in the amount of $2625。我想，我到多倫多的任務已經達成。

我從不期望兒子建立什麼豐功偉業，只盼望他成為一名身心健康、生活幸福的正常人。兒子的生命已經朝向這個方向，真好。

他們如何教

多倫多的高中比臺灣的大學還像大學，幾乎沒有班級，自然也沒有班長、股長。學生自由選課，高一必修八門課，每門課因選修學生不同，所以會有八種不同的學生組合，每週上五天課。像大學一樣排課，時常會有空堂，兒子有三天上午十一點半才有課，下午三點四十五分就放學。只因他四點正得趕去補習，比較忙一些。

事後談起來，他說：「這裡的高中有點像是在玩，所以有這麼多五花八門的課題。到了最後一年，想讀大學的人要選讀五門OAC的課，用這些成績來申請大學，在這種班級裡，上課氣氛就不一樣了。」

這裡的教育方式讓我充滿興趣，幾乎所有課程學生不但要事先預備，上課時也主要由學生進行。

例如歷史課，一開學就要學生一個個上臺做兩分鐘報告，題目是「如果你要告訴別人你在加拿大的情形」。學生得先在家寫好文章，上臺把這篇文章背誦出來。兒子來到這裡已經補習兩個月，時常要練習作文，所以寫一篇兩分鐘的文章還能應付。要他上臺報告，則是相當痛苦的事。他怕生、不愛講話、英語不好、從來沒有上臺講話過……總之，對他是一大難題。

我告訴他這是訓練克服自己性格弱點最好的機會，何況他才來兩個月，有「權利」說得不好。

攝影課，要學生先拍攝一張照片，把這照片裁成八九片，再重新組合出另一個全新的圖片。

我印象最深的是，十二年級時的科化課，老師要學生以科學為主題作遊戲，有一次要學生每三人一組，必須「發明」一種從來沒有人使用過的賭博工具。之後他經常帶兩位同學到家裡，買了各種色紙，剪剪貼貼，終於弄出一組可以賭博的版圖玩意。

物理課，要學生利用環保廢棄物做出一臺可以行走的車子，不能使用電池。

兒子開始蒐集不用的寶特瓶、扣子、蓋子、小木片……結果他做出來的「車子」，運用橡皮筋的彈力可以「跑」一段路，算是大功告成。我極喜歡這一類要學生「無中生有」的創造性功課。不過，事後兒子回憶起來，說「除了拼圖片，其他的成品我都不滿意。」這是他個人的看法。他上課曾經做出一座像聖母的銅像，那是我的最愛，念經時就跪在祂面前，兒子笑說：「那是皇后，不是聖母啦！」。

這裡的義務教育從小學到高中，居民學生不但不用繳任何費用，每月還有「牛奶金」，從出生一直拿到高中畢業。上課用的教科書由學校借給學生，學期結束後全部要繳還學校，給下屆學生使用，如果學生把書弄丟了，必須賠償書價，學校再購買新書。教科書只是暫借學生使用，所以書上不准寫字，養成這個習慣，兒子連自己買的書都乾乾淨淨的。

高三時，轉來一位建中資優生，他跟兒子說各科都可以適應，就是英文課的上法跟臺灣完全不同，他極為頭疼。

我很喜歡多倫多中學各種教學方式，回到臺北後，忍不住對大學生試用，結果就像那位移民多倫多的建中資優生一樣，學生集體不適應，努力到最後，只在研究所可以稍稍實踐交流課程。

他山之石要如何攻玉？對我來說是一大考驗。

＊＊＊

多倫多的英文課等於臺灣的國文課。在臺灣，從小學的國語到大一的國文課本，不論教材與教法，都注重字詞的解釋、修辭格的辨析、內容的譯介。如此的習以為常，當你用這種方法教大一學生時，他認為這是高四國文，他厭煩。但你不用這種方法教時，他納悶、不習慣、不接受。

不論國文或者英文，都得背誦單字。對於單字，兒子的英文老師從來不要求學生背。而是，只要遇到不認識的字，就要學生抄下來，回家的作業就是把這些單字用來造句，再送給老師批改。兒子覺得這方法對學習單字非常有效。

高一的英文課堂，老師總是先發給學生一篇小文章，記得有一篇名為〈Trapped〉的短文，我很喜歡。

通常老師給了文本，還會給幾個問題，諸如：你認為它主要在說什麼？作者使用什麼方法來說話？這篇文章的氣氛是如何造成？

下次上課就討論這些問題，由學生自由舉手發言，互相批評，老師做總結。難怪有次，兒子說：「我們上課都在聊天。」

「什麼？那怎麼上課？」

「不是亂聊天，是老師和學生之間用聊天的方式進行。」

原來這就是西方的教學方式。

剛開始，我們母子一起討論小文章的問題，實在是很好的親子活動。記得學校要同學讀 Elie Wiesel 的長篇小說《The Accident》時，剛好兒子遺失了英文電子辭典，我的英文程度無法和他一起閱讀，只好半讀半猜，再由他敘述給我聽。這是一本很特殊很沉悶的心理小說，探討死亡問題，卻恰好適合我們母子的胃口。作者連文字都非常特殊，有很多句子真是可圈可點。這本書讓我非常遺憾自己是英文文盲，否則可以陪兒子讀出很多寶藏。

兒子的英文進步可謂神速——應該說出國前程度太差——當我讀他一千八百字的《The Accident》報告時，看到他因喜歡這本書，明顯受到作者文字風格的影響。我同時也知道，我再沒有能力跟他同步閱讀英文小說了。

國文課，經常出現很多有趣的題目要學生做報告，例如：找一部改拍成電影的英文小說，就電影跟小說做比較。

兒子當初選擇《英倫病人》與電影《英倫情人》為題目，竟然被老師打回票。理由是：「這小說的寫作方式很隱晦，你還沒有能力閱讀。」

兒子後來改為《辛德勒的名單》才通過。那年暑假，兒子不服氣，到圖書館把《英倫病人》借出來讀，果然如老師所說，不容易讀。

高二時他們上莎士比亞，似乎相當我們中文的「古文」，老師仍然不做翻譯，叫他們去看電影《沙翁情史》做報告。

回到臺北，我恰好教英語系的大一國文，發下〈Trapped〉叫他們寫讀後感，還可以，但是，要他們發言討論就做不成。

星艦奇航粉絲

兒子的小學國中時代，漫畫及少數動畫跟遊戲是他唯一喜歡的休閒活動。高一到多倫多讀書時，找不到這些東西，卻發現曾在臺灣播映的《星艦奇航記》（有時譯作《銀河飛龍》）。在臺灣，這個影集收視率不夠好，經常被用來塾檔，小孩只能時斷時續的觀賞，有時又漏看，無法充分掌握劇情。

北美長期擁有眾多「星艦奇航」迷，多倫多的電視經常重播。當地有一個頻道平日晚上重播第二代《星艦奇航記》，週末則是徹夜播放第一代。從此，星期一到五，每天的《星艦奇航記》是兒子Week Day的休閒活動，星期六就通宵達旦地奉陪。那時，我很憂心這樣沒日沒夜地沉迷，是否應該說說他，後來還是忍住了。

在兒子英語還不靈光時，他把每集都同時錄影下來，有空就重看。後來裝置了螢幕文字顯示器，就一邊看、一邊打電子辭典查生字。直至第一代到當時正播放的第五代全部銜接完成，他才心甘情願地每週只等待最新出爐的《星艦奇航記》。

在多倫多的第一年，《星艦奇航記》成為兒子學英文的最佳工具，他自己說：「也許因為這樣，我的英文不擅於對話，而擅於理解分析。」

過去，我一直對連續性單元影集懷有成見。試想，每週同一批重要人馬重複出現、事件必然是由發生到結束的「套板」過程，觀眾老早就預想出它的結局，一定跳不出通俗劇的窠臼，這樣的影集居然從一九六六年開播持續了三十多年！

兒子沉迷於影集，使我曾經憂心，但這個影集確實使他英文快速進步。我充滿好奇：「這些全是掰出來的幻想故事，你為什麼喜歡？」

「他不是亂掰的，他是利用已經知道的科學原理再去合理的設計出科學繼續發展下去的未來世界，那個世界將來可能會變成真的呢！」

「你小時候看過很多科幻卡通，都沒這麼著迷啊？」

「以前電影中的太空艙都包圍在金屬容器內，氣氛陰暗、冰冷。《星艦奇航記》是我第一次發現這個裝載一千多人的太空船是那麼溫暖、舒適而且亮麗，像一個溫馨的大家庭。」

從此，《星艦奇航記》成為我們日常交談的內容。我慢慢知道這個影集敘述一座名為「企業號」的星艦，不斷的旅行，為了探討宇宙的奧祕、尋找新生命和新文明，探索人類未來的命運，裡面也關懷人文精神、熱心探討哲學課題，兒子對哲學因此產生高度興趣。

《星艦奇航記》的製作嚴謹也讓我聽來佩服，尤其科學上的求真精神。兒子把Lawrence M. Krauss 博士專門討論其物理性的著作《The Physics of Star Trek》奉為至寶，也因這個因緣愛上了物理。

愛上《星艦奇航記》的人必然「此愛綿綿無絕期」，這些粉絲在地球上形成一個穩固的Group，有影迷俱樂部、影迷雜誌、影迷大會……隨便舉辦一個相關活動，總是有一群熱情的粉絲強烈支持。

一九九八年聖誕假日，我陪兒子去美國拉斯維加斯，在希爾頓飯店住了三天，專程參加「Star Trek Experience」。

主題展館內高高的黑色天花板上，掛有一艘大型的企業號模型。展館內由所有《星艦奇航記》系列歸納出來的「未來歷史」展、人物道具服飾展、企業號艦橋等等，異常豐富。

裡面設計了一個小故事，把觀眾帶進模擬的Star Trek裡，觀眾走進餐廳、艦橋、遇見影集中的人物……幾乎可以完全體會身在Star Trek世界裡的感覺。這個展覽讓每個影迷都欣欣然滿載而歸，我們也是。

尋找平衡點

開學後，兒子每天揹著登山背包去上學，由於下課後得直接去補習，還得加帶補習用書，背包裡裝滿又厚又重的書，不知為什麼高中用書都那麼厚？他每天好像是去露營或者行軍。

學校的課程，除了英文課上的是給新移民學生上的ESL，老師上課說話比較慢，同學都是新移民，大夥程度接近。其他各科都是正常班，和一般學生一起上課，老師不管有沒有新移民，上課說話有的速度非常快、有的英語發音南腔北調、有的板書非常潦草，都要學生自己適應。

我常想，也許每個中學男孩都這樣：每天放學一進家門，邊脫長褲邊彎腰按電腦開關，等換完衣服，恰好電腦完全開機，接著狂玩遊戲。他們說，這是休息，可以養精蓄銳。

平時，兒子在晚飯後，開始讀書直到深夜。假日也無日無夜的忙，時常沒有時間洗澡，催他，就回說隔天洗一次就可以了。

我問：「為什麼把自己弄得這麼忙？」他說：「平時做功課，假日就要全力弄3D繪圖，沒有人教，得自己閱讀新買的兩本書。3D繪圖進步很快，我一點進度都沒有，怎麼跟得上時代呢！」

他自己悶著頭弄3D，當然累。從小都沒有受過繪畫訓練，後來自己學靜態畫，現在想學動態畫。

看他這麼拚，我開玩笑說：「如果你現在就可以專攻大學電腦繪圖多好，就不必花時間讀高中的歷史地理之類。」他立刻笑說：「一定很快就被退學。」

以前是巴心巴肝期望他用功一點，不知從什麼時候開始，我最常對他說的話竟是：「該休息一下了吧？」、「要不要輕鬆一下，約朋友出去玩？」

跟以前勸他用功一樣，我的話沒有實質效用。他仍然只聽自己的大腦。

直到他決定放棄3D繪圖，生活才有像樣的節奏。

他仍然說：「想做的事總是做不完，真希望一天有四十八小時。」

我說：「那樣的話，你又會用掉二十四小時來睡覺。」他笑。

「以前在國中時，上課完全沒聽課，下課根本不做功課，浪費時間，真可惜。」

「任何時候開始都不嫌晚。」我安慰他。

「我以前沒有責任感。」

「那你現在呢？」

「至少我知道用功。」

「如果以前高中考上師大附中，你會後悔來多倫多嗎？」

「整個教育環境還是沒變啊！師大附中只是一個避風港。」他說：「回想起來，在臺灣的教育方式下，真不知道一個人要如何學習？」

「如果你沒到多倫多呢？」我問。

「會死得很慘。」

這次談話，讓我心靈悸動良久。以前，我巴不得他拚死拚活，用功讀書。現在，我不希望他為某種目標而拚命。

「你目前在多倫多，就學習加拿大人的生活態度，一定要有休閒時間，讓生活的品質好一些。」

真不知是他接受我的看法，還是自己的變化。當我發現自己完全學不會加拿大人的悠閒時，竟然羨慕起兒子過的生活。他在工作時會享受背景音樂、定時看他喜歡的影集、週末幾乎固定跟同學一起出去打桌球或看電影。

最讓我羨慕的是：他一躺下就睡著，早晨很難叫醒。飯來張口，衣來伸手，一下想當科學家、一會兒又想當藝術家，是個幸福的小傻瓜。

房事

來到多倫多，花錢如流水，讓人驚心動魄，首先是萬萬沒想到房租那麼貴。之前在臺灣已經告訴仲介，我只要一個獨立的小套房，沒想到抵達第二天，她只給我兩個選擇，都是全天保全的大廈，這裡叫做Condominium，我只能選擇比較便宜的一戶，一臥房、一陽光房及客餐廳，月租一千四百二十加幣。

到這裡才知道，兒子準備讀的學校是多倫多三大名校之一，又近地鐵，大量華人湧入，房地產被炒高，房租自然貴。朋友勸我往北遷移，但兒子初來乍到好不容易適應新學校也交了幾位朋友，為了些須阿堵物竟要孩子重新面對新環境麼？

只要遠離地鐵站，就有很多既便宜又漂亮的房子，只是得自己開車。買車，要增加更多花費。何況，我根本不會開車。

知道買房子比租房子划算後，我幾乎每天跟房屋仲介到處跑，但總沮喪而歸，原因是大一點的公寓買不起，我屬意的小公寓在那時候根本沒有。注意生活品質的加拿大人即使再窮，也會開著二手車在偏遠地方住舊一點的House。

曾經看上一棟舊大廈三樓六百八十平方呎小公寓，十九樓同戶開價就比它多七十萬臺幣。三樓很低，窗子面對前面二樓屋頂上一堆雜亂的大管子，可說景觀很差。我想暫時有地方落腳就好，也就殺個價看看，等對方回應。

回家，跟兒子談，沒想到他居然反對：「完全沒有View，怎麼住？」

「你不是從來不看外面嗎？」他明明一回家就上了書桌。

「妳怎麼知道我不看外面風景？」

我第一次知道兒子在乎居住環境。

窮移民顯然越來越多，這裡新蓋大樓已經有少數單臥房的小公寓。只遇到一次機會，也是六百多平方呎的全新大廈一樓，我出了價，居然被別人搶先買走。

搞得頭昏眼花之後，知道房子買不成，開始找租金便宜的地方。

朋友介紹一大棟出租大廈，有地道直通地鐵，不怕風雨非常方便，我一看就有意願。一房一廳租金約八百加幣。缺點是房子舊、看來髒、沒有二十四小時管理員，進出份子雜，兒子看了不喜歡。

我的一年假期快近尾聲，房子已經找了好幾個月，弄得人焦慮不安。我跟兒子說：「我們只好聽天由命，看最後上帝讓我們住在那裡？」他說：「上帝為什麼不一開始就讓我們找到房子呢？」

我很難告訴他，不是上帝的錯，只因媽媽不敢多花錢。

最後，我把力氣花在婉轉勸說與請求上，兒子終於答應以Home Stay方式分租房子地下室一間小房，包吃包住，我回臺灣後也比較放心。

回臺灣後的第一個假期，飛去看兒子，沒想到他的房間在空調機旁邊，半夜機器運轉，兒子無法睡眠，總是爬起來把空調關掉。地下室四間房全部客滿，沒人要搬走，最後在房東體諒下，我又得另找房子了。

走在路上，恰好學校放學，看著學生們走進林立的高樓，這些新建大廈都是因移民學生進讀這學校而不斷蓋起來，目前就有兩大棟正在蓋，還有兩大棟準備開工。這麼多大廈、這麼多住屋，我居然不能給兒子一個棲身之地？我深深慚愧自己受役於金錢。我決定為兒子租一戶舒適的Condominium。

兒子入讀多倫多大學，決定日後將定居多倫多，我終於在地鐵站邊訂了一戶單臥房的預售Condominium。折騰多年，在他升大三的暑假，我們終於擁有一個屬於自己的小窩。

翻閱當時日記，「房事」居然是我在多倫多幾年裡揮之不去的夢魘。

錢奴

在成長過程裡，貧窮一直伴隨著我。記得六歲時，四妹出生，家裡實在養不起，透過天主教會幫忙，找到願意收養的美國家庭。此事被大姑知道後出面反對而作罷。

在我報考高中而放棄師範時，事先已經答應母親日後只能念公費的師大，從此我就一路在師大蹲了大半輩子。

結婚後，我專任高中的薪水，五分之四給婆家、五分之一給娘家。在這情況下，竟然還敢購買預售公寓。那時候，任何工作都拚命搶著兼，每天都買那七毛錢一斤的高麗菜下飯。

我從不抱怨青少年時期貧窮，因為它訓練了我吃苦耐勞且獨立的能力。但我懊惱成年時，還沒足夠財力就去拚身外之物的房子，不自量力使自己深深淪為金錢的奴役。

離婚後，我對物質的欲望低到極點，最不在乎的就是住屋。房子越搬越小，但精神越來越愉快。我真高興：金錢再也虐待不了我。

靠著一股傻勁我們母子衝到多倫多，我仍然對金錢沒啥概念，大方的為兒子買書桌、電腦、音響等等，用心安家。

沒想到，在這裡結識的朋友都一再警告我：戶頭只出不進會讓人焦慮不安，我才開始算帳。

我們只帶了四口皮箱來，幾乎所有東西都得重新購買。統計帳單：第一個月花了五十萬臺幣。每月房租三萬、補習二萬、生活費二萬五、給母親六千……每月固定開銷就要八萬臺幣。

來到多倫多八個月半時，用掉九十二萬臺幣，當時的匯率是十九比一，平均每月用去十萬八千元？我不相信，左算右算、右算左算，我這急性子開始焦慮不安。

在多倫多，我接觸到臺灣來的人都非常節省，即使他們住在自己購買的大

House裡，仍然節衣縮食。

我一再反省，如何節省？我不願孩子營養不良，飲食絕不節省。能夠縮水的只有房租及補習。這兩者都經歷過挫敗。

當我確定自己很窮時，就覺得多倫多什麼東西都特別貴。尤其教科書，補習班先要我們買一本高一自然教科書，竟然要臺幣一千多元，我差點以為聽錯了。這樣隨便幾本參考書就挖去我不少銀子！

天氣漸冷，不知這裡要如何過冬，還是由仲介帶我們去買衣服，兒子買了一件去年款式打折的半身皮衣，我買一件外套，過兩天，氣溫就只有八度。

我對貧窮的感覺並不陌生，我時常告訴自己：窮人只有一項煩惱，就是沒錢；然而那些生活餘裕的人卻除了錢，其他全是煩惱。我們的生活多麼單純溫馨！

兒子初來多倫多，並沒把握能否適應，我盡全力布置一個讓他身心舒泰的生活環境，讓他只需用心面對學業。第一年最為艱苦，當時自己並不覺得。直到我休假時間結束，準備回臺灣時，才驚訝地想：「真不敢相信我竟能撐過一整年！」那時候，才感覺到：獨力在異域重建並支撐一個家的重量，實在好沉好重。

回到臺北，妹妹知道我的家累，把她的小套房借我住，我原來的房子繼續出租。第二年，房子賣掉一半、第三年，再賣掉另一半，多倫多的生計全有了著落。

第五年，兒子已經上了大學，我也確定臺北工作有了「第二春」。

「我們馬上就很有錢啦！」我跳到兒子面前大叫：「你想買什麼？快說，我們馬上去買！」

兒子對高潮迭起的老媽，早已處變不驚，笑瞇瞇的說：「前天還嘆窮光蛋，怎麼變得這麼快？」

是啊，天外沒有飛來任何錢財，我還是得依靠勞力賺錢。讓我狂喜的是，終於脫離錢奴的桎梏了！

蛻變的代價

當生命陷入泥淖時，脫困的方法之一是改變環境。兒子在國三時精神萎靡至極，似乎藥石罔效。我不得不使出強烈的一招：「轉換大環境，改造人」，帶他到人生地不熟的多倫多。

改變環境雖然離開原來的壓力源，但在新環境，仍得面對新壓力，兒子願意承受，所以眼看他有明顯變化，尤其學業成績。

可是，多年來他仍然過於內向文靜，來往的朋友少得讓我暗中擔心。天天待在家裡讀書的孩子又未免太「乖」了，我經常鼓勵他多參加社團、多交朋友、多出門去吃喝玩樂，甚至鼓勵他多花錢，但他依然故我。也因此，他的衣食住行育樂，幾乎全部由我打點。這個教育瓶頸，我一直難以突破。

他大學快畢業時，居然說想去日本讀一年語言學校。他敢單槍匹馬去東京，讓所有親朋戚友跌破眼鏡，大夥齊聲說：這麼勇敢要走出去，定然要支持他。我當然義無反顧。

之前，看地圖，臺北東京之間並不遠，原以為每月可以見一面。事實是，我前後只去了三趟東京。一來交通極為不便，二來東西過於昂貴，三來兒子承租的小套房雖然每月花費臺幣三萬多，但我們母子晚上必得「抵足而眠」，實在擁擠不堪。這三趟日本行，每次逗留時間都極為短暫，我只發現他會自己買衣服，衣著日漸光鮮，且出手大方。在臺灣，我為他申請一張信用卡副卡，在短時間內，我的信用卡就升級，出入機場可以享有進入貴賓廳的招待。

今年七月，我一到加拿大，所有朋友都異口同聲告訴我兒子脫胎換骨，不是說他長得英俊瀟灑，就是說他變得異常開朗，跟陌生人可以談笑風生。

這次來多倫多，我按照往例，皮箱裡裝滿在臺灣替兒子購買的衣服家用品，沒想到他已經看不上這些東西，他建立自己的style了。經過再三思考，我請他把櫥子裡用不著的衣服清出來，果然淘汰出兩大皮箱衣服。這一次「改變環境，改變人」的弧度，的確超出我的想像。

蛻變後的兒子，平時喜歡跟我開玩笑，大夥一起拍照時，他竟然摟著我的腰做親熱狀，更令人驚訝的是，我心情不好發脾氣，他竟然會嘻皮笑臉把我搞到笑為止，以前我可是萬萬不敢當面生他氣的。

整理前年匯往日本的匯款單，用去一百五十萬臺幣，還不包括信用卡刷掉的錢。這恰好也是我們抵達多倫多第一年花費的臺幣數字。如果說，一百五十萬可以買到人生正面的大變化，那確實划算。因為金錢買不到很多東西，例如深厚的感情與信賴，尤其成長以及成熟。

想起好友時常警告我：「妳這單親媽媽依靠單薪收入供養一個留學生，妳的養老金在那裡？」我很想說：我目前就在養護我的老年啊！當然，下一步我要努力改變他的是，不能浪費！

我溺愛？

人人都說我溺愛我的獨子，因為沒有一個單親家庭只靠單薪收入卻膽敢讓孩子出國留學，只因為兒子說想嘗試接受西方的教育。

可是，我知道臺灣的環境不適合兒子，他已經受傷。

人人都說我讓兒子予取予求，因為沒有人認為一個才學電腦半年就迷上3D繪圖的高一學生需要臺幣十九萬元的電腦，光是二十一吋的螢幕就要五萬五。還讓他買高級音響、LD、原版CD、錄放影機、甚至華人才有的解碼器。

可是，我的兒子全天除了上學睡覺吃飯洗澡，其餘所有時間都坐在電腦桌前。

人人都說我溺愛兒子，因為我讓他去最昂貴的私人補習班每月花兩萬臺幣補英文。

可是，他剛到多倫多時，英文測驗說明他只有小一程度，兩個半月後卻要上高一課程。

人人都說我溺愛兒子，因為我租高級大廈的公寓，每月房租三萬臺幣，唯一的臥房給兒子住，我則住在冬冷夏暖的太陽房。

可是，我希望他有一個安寧舒適的讀書環境。

人人都說我溺愛兒子，因為我不知道計算血本，前半年平均每月花費超過我薪水兩萬五。

人人都說我溺愛兒子，是麼?當我們第一次踏進多倫多那完全陌生的土地，我們不會開車、不敢說英語，卻要去買必用的家具。有一次我們搭公車去**IKEA**補貨，前後都要走十五分鐘才到公車站。結帳後才發現十六公斤的組合桌子、CD架及腳墊之類的東西實在很重，由**IKEA**送貨要花一千臺幣，叫計程車要五百臺幣，我們原來打算搭公車來回，兒子堅持還是可以搭公車，最後由他負責搬書桌，我背包裝滿東西又手提一個大袋子再抱那個大CD架。我們這對孤兒寡母如爬蟲般上下車走路，那狼狽寒酸的感覺使我想起過去閱讀文化大革命時被下放北大荒的文人；唯一不同的是，我們眼前是多倫多溫煦的七月艷陽、世外桃源般的優美風景、腳底踩著寬闊的帝王大道旁邊專為行人鋪設的走道、身邊閒逛著的是手執甜筒悠哉的洋人……

是的，我們本來就手足無措的闖進一個完全陌生的異域，IKEA之行，象徵著我們的加拿大之行是開始於精神與物質都異常貧乏的處境。直到一年後我才感激這樣淒涼的出發點，提供我和兒子共苦的機會，因而我們才慢慢體會出同甘的滋味。

人人都說我溺愛兒子，因為哪有母親總是鼓勵兒子多結交朋友、多出去旅行、週末一定要休閒、老是問他身上錢夠不夠……

人人都說我過分寵他。可是，我幾乎從來不曾為他買過漂亮的衣鞋，他更是從來不在意衣著。有一次，我笑著跟兒子說：「你走在外頭，小心別人會誤認你是他兒子。」

「為什麼?」

「因為你全身上下都穿著別人兒子的衣服哪!」

這兒的好友不但把她兒子嫌小的衣服給了我們,還把她朋友兒子的衣服也搜括過來,所以我兒子有穿不完的衣服。

兒子那雙國中時代極為老舊的大頭鞋早就穿了底,有一次大雪天從補習班走回來,鞋子完全濕透,在乾衣機內烘了兩小時還沒有乾。我要他買雙新鞋,至少作備份用,可是這小子老是拖延,直到妹妹帶外甥去買NIKE鞋,硬是拖他一道去,逼他挑鞋。結果兒子千挑萬選,終於拿了雙adidas鞋。後來我去看他時,光鮮的adidas仍然供在書架上,兒子還是穿著那雙牛伯伯的老爺鞋。

兒子留學澳洲的國中同學,要兒子在多倫多為他買Jordon第十三代十號球鞋,外甥早已查出多倫多名牌球鞋比臺北貴很多,但是遠在澳洲鄉間的同學說等他放耶誕節回臺灣時早已被搶購一空,還是要兒子為他預先買下。那雙鞋折合臺幣恰好五千五百五十五元，耶誕節替他扛到臺北。我一向教育兒子寧願失之浪費也不能落於小氣，對同學朋友尤其要大方。他對臺灣同學已經習慣凡事請客。兒子送出這個對我目前經濟景況而言相當奢侈的禮物，我不禁想起兒子腳下漏水的老爺鞋，我溺愛的究竟是別人的兒子還是自己的兒子？

人人都說我溺愛兒子，因為既然是窮人，就不要把多倫多當成高雄，動不動就兩頭跑，耶誕節一張機票是我整整半個月的薪水，卻只買到十二天見面的時間。

可是，你不知道，咱們相聚的時光有多甜蜜！不愛說話的兒子每在飯後總是吱吱喳喳跟我長長短短的沒完沒了。睡前，等著我為他蓋被聊天。早晨不用鬧鐘，等著我去喚他、推他、搖他、揉他……明明醒著還在偷笑就是不起床，我真喜歡他的撒嬌方式。晚餐之後，有時我坐在他電腦桌前跟他面對面，他用心的讀書，我自在的看書。偶爾抬眼注視著這個不斷蛻變的孩子，心中湧現著無限的歡喜，絕對不僅因為他來自我的骨血；而是，我最喜歡身邊的人熱愛他的工作、專注他的工作，兒子目前就是這樣的青年，他的朝氣在眉眼之際勃勃煥發。我喜歡跟這樣的人相處。

兒子有時抬頭，發現我定定的瞧著他，微微一笑，再度低頭看書。只是這麼家常的生活，我知道我們都非常珍惜、非常用心的享受這麼平凡的溫馨。

自從兒子留學以來，我多支出的只是一些金錢，幸好我的算術不太好，一直搞不清是不是長期入不敷出。但金錢不是一切，我們擁有金錢買不到的許多珍貴東西，使我心中一直充滿著歡喜。這一年來，我跟兒子都不斷的在蛻變成長，年輕人的調適能力比較高，本來不足為奇，可是在我這個年齡，仍然可以不斷的思考不斷的修正並調整自己，讓我驚訝而欣喜。

我第一次學習著全心全意的面對一個人——用心關心他的需要、照顧他的必要、努力調整他的不適……當你不斷的付出、付出你的愛力，對方都完全承受，那表示已經得到更多的回饋。這一年來我親眼見證兒子人格學業脫胎換骨的歷程，那是我們一步步攜手共同跋涉的可貴經驗。

過去，我長期待在書桌前，只是讀書寫作，不食人間煙火、也不懂人情世故。這一陣子血肉真實的柴米油鹽的小婦人生活，使我對生命有更多的發現，尤其在不斷思考並調整親子相處的關係，實在是深具挑戰的藝術。我終於相信，只要你有愛力、肯用心，一定可以履行你的計畫、朝向你的理想前進。

我更加寵愛我的兒子，不管你怎麼說。

在錯誤中成長

我相信天下沒有母親不疼愛自己的骨肉，我當然也從來沒有懷疑過自己擁有這種「天賦情種」。是的，天下母親都寵愛她們的子女。

只是，「輸出」的母愛子女是否全部「接收」到了?寵愛的方式是否使子女得到正面的成長?過度的母愛是否造成子女的壓力?恐怕很少母親思考過這些問題。我正是這樣的母親。

在兒子幼年時代，我們家兄弟姐妹時常在週末帶著孩子回娘家，五個姐妹帶著六名子女，誠然是家族大聚會。姐妹忙著跟父母兄弟聊天，放任孩子們玩遊戲搶玩具，最後總是在孩子們打架哭鬧聲中結束我們的家庭聚會。

在兒子幼年時代，我也經常帶著兒子參加朋友的聚餐，做母親的覺得讓孩子開開眼界同時大吃一頓，既完成了交際又照顧到子女。

多年前，在學校通識教育課程裡，為了讓非文學院學生上課輕鬆點，我把兩篇自嘲性、敘述跟兒子幼年時親子關係的散文發給學生。

沒想到，在期末考的試卷裡，一位教育心理系學生在答案卷的後面，附上對我散文的批評。她提供我不曾思考過的觀念及作為。我既驚訝又感動。是的，我從來沒有思考過如何對待孩子才是正確的方式，總以為依照自己「愛」的感覺去做就天經地義。

從此，我開始在反省中不斷發現自己很多錯誤、在錯誤中不斷學習與調整。遂發現：跟子女相處是一門必須努力以赴極奧妙的藝術。

在多倫多，每當友人邀約吃飯或者郊遊，我已經學會不勉強兒子參加，他雖然想吃大餐，卻仍然選擇不參與，這證明孩子並不喜歡加入大人的活動。我呢，每當在外面嚐到兒子喜歡的食物，總是遺憾兒子沒有機會享用。後來想到最好的補救辦法就是把飯店地址抄下，下次專程跟兒子來度週末。

是這樣的因緣，我才發現，跟孩子在週末的聚餐，竟然是我們最親近的親子時間，看著食量特大的兒子開心大嚼，是多麼暢快！而我們在等待上菜或者飯後的咖啡時間，總是有溫馨的促膝長談。這樣的休閒機緣，打開了兒子的談興，我了解更多他學校的生活、結交的朋友、學業的進度，尤其是他的觀念、他的思想、他的嗜好、他的愛憎、他的煩惱……這些，都不是我們在家匆忙的一日三餐中所能建構的。

當初，帶著茫然的兒子在異域孤獨地尋找浮木，幾經載浮載沉，而今兒子勤學穩定，我們終於擁有心靈安居樂業的歸屬感。今天，我確信自己一路走來的生活是一日比一日的有手采、有姿色。在這炫目的斑爛裡，那最奪我眼神的是親子的亮彩啊！是以，我曾經顛躓過的每一個錯誤的腳步，在記憶裡都成為彌足珍貴的痕跡。

PART 2

一株寧靜的樹

一起玩

朋友來多倫多看我們時說：「妳們兩個不像母子倒像姊弟！」其實，多年來，我努力經營的關係不是母子、不是姐弟，而是朋友。

在他的幼兒時代，我經常趴在地上讓他當馬騎，也一起玩捉迷藏、打球。到了打「任天堂」遊戲時，我已經難以插手，更不用說中學以後的「機動戰士」等玩意。我只好裝作有興趣，聽他講故事內容，原來這些小新人類的遊戲不但故事流動、內容複雜、且機關密布，實在需要相當腦力才玩得了。

無論如何，我是落伍的遺老，只能每天忍耐著聽他枯燥的敘述。想想，人與人相處，不是需要互相包容嗎？

我也請他包容我的急性子，要經常提醒我，平常動作不要太快、吃飯尤其要慢……但這小子吃飯比我還快。偶爾，在我剛扒完飯，他緩慢而輕聲的說：「妳吃太快了——」我就急急重重的捶他一下，怪他事後才說，故意作弄我。他只是微笑。

高中時，他喜歡哲理性的動畫，尤其最愛「表面看不出來，要讓人想破頭」的議題。這使我靈感一動，拐著他說，小說裡有更多讓人想破頭的玩意呢，你要不要試試看？那年暑假，我們就一起閱讀存在主義小說，他很快就看出卡夫卡〈判決〉裡的象徵意義。我們接著讀拉丁美洲魔幻寫實小說……談話的議題我完全不在乎，我想要的是無隔閡對話的感覺。

在他大二暑假我要回臺灣時，他給我一份「作業」，要我看中文版日本動畫《新世紀福音戰士》。好不容易學生替我找來一套，一見袋子我差點昏倒，居然有二十六集之多，要看這麼長的動畫，不是折磨老媽嗎？

一直捱到快寒假，才勉強抽出一週時間，以受刑的心理閉門觀「畫」。沒想到才看了兩集，就愛不釋手，夜以繼日的看完二十六集之後，又接著看電影版、補完版。中間不斷打電話給兒子：「這是一部精采絕倫的動畫，既通俗又精緻無比，我非常喜歡！」

他記得這部動畫中所有的細節，討論時，我似乎比兒子還要興奮。他笑：「妳不是有仇日情結嗎？」。

「藝術無國界」，我真誠的說，更加喜歡會調侃母親的兒子，這才是一起玩。

人倫關係應該是平等的，過去社會過分提高雙親的權威，就只得到子女敬（其實是怕）而遠之的關係，完全享受不到親子之情。請看《紅樓夢》裡賈政與王夫人何嘗享受過親生兒子比「寶玉」更溫潤光彩、魅力四射的溫馨之情？

教養子女是不斷付出愛心的過程，孩子欣然接受，那愛力就變為成長的酵素，養兒育女最大的回饋，就是看見他們正向的成長。

我贊成——跟孩子一起玩！

一株寧靜的樹

明知清康熙時有書法家王澍、嘉慶時有廉吏陶澍，之後也有多人單名為澍，我們還是用此字為他命名。澍，是及時雨的意思；他出生前，臺灣正重逢久旱，他出生的時候，突然傾盆大雨解了乾旱，為懷念當時的感覺，就用了這個字。

小學一年級時，他結交鄰居小朋友陳晉志，這應該是他此生第一位好友。每天下課後陳晉志就到我們家，兩個孩子一起做功課一起玩，卻是靜悄悄的。不但沒有爭吵、也沒有喧嘩，當時，只覺得兩個孩子真乖，讓人放心。

有一天，他跟我說：「媽媽，我時常想：是不是陳晉志只是在我的夢中，或者我只是在陳晉志的夢中？不知道哪一天我們都會醒過來，發現什麼都沒有？」

孩子會這樣想，我真不知道該高興還是焦慮。

第二年，我們搬家離開那個地方，他沒說捨不得陳晉志。多年後，我們去逛景美夜市，經過以前住的街道，他突然說：「我好想進去找陳晉志。」

事後，我很後悔沒有陪他去找。因為，他結交的朋友實在太少了。

轉學後。我問：「適應新學校嗎？」

「我每節下課時，都一個人出去走一走，打鐘再回教室。」

「跟同學之間呢？」

「都沒有來往，當然不會怎樣啊！」

「那你其他時間做什麼？」

「午餐後，我就一個人到活動中心找一個安靜的地方發呆。」

我這時才驚訝孩子的孤僻。

在多倫多陪讀的日子，他仍然過度沉靜。我總是暗暗祈禱：希望這裡開朗的學風讓他活潑一點、調皮一些，甚至做點壞事嚇一嚇我，可他還是乖寶寶。

我想盡辦法要他多打桌球、買溜冰鞋、參加社團、跟朋友出門玩。假日，他仍然喜歡待在家裡。我說：「大家都在尋找玩樂，因為人人都有玩心，玩心得到發洩甚至發揮，就會感到快樂。即使是做事，包括將來的職業，都帶一點點玩心，就可以隨時享受樂趣。你——總要有一些玩心吧？」

「我覺得好玩的事情，也許妳不認同，我有我的玩法。」

「你為什麼不喜歡跟大夥一起玩？」

「處女座不喜歡在別人的目光下。要融入群眾，對我而言是不自在的事。」

「那你喜歡怎樣？」

「群眾的邊緣才是屬於我的地方。老實說就是孤僻啦！」

在社會上、在人群裡、在朋友相見甚至家庭手足聚會裡，我都不是愛說話的人。可是，跟自己的獨生子在一起，相對而言，我變得呱噪許多。

我帶他去芝加哥，住在朋友家，我們大人出門，留下他和朋友女兒，兩個高中學生居然都在客廳看自己的書，互相沒對話。

他高中時，我把唯一的鐘掛在他房間跟客廳之間的牆上，我在廚房工作可以隨時看時間。沒想到有一天，鐘不見了，我找了半天，竟然掛在廚房側面的牆上，我把它再掛回原處。第二天，又跑過去了。家裡只有兩個人，他啥事都不管，到底是誰搬的呢？我跟他提這件怪事。他說：「是我，那鐘掛在這邊嘀答聲會吵，睡不著。」我真難以相信這個早晨叫不醒的人會睡不著。

偶爾朋友來，在餐桌一聊三小時，看到他去洗手間，驚訝的說：「你家好安靜，竟不知道家裡還有另一個人。」

暑假時，外甥女臻臻來多倫多大學修英文，當然住我家。她雖然人緣超好，在來之前，我還是提醒她：「偶爾我會出門，妳得跟小澍單獨相處喔。」

她說：「二姨，請妳放心，我跟魔鬼都可以做朋友的。」

有一次，出門前我跟臻臻說：「今天晚上趕不回來跟你們一起晚餐，妳和小澍到外面餐廳吃吧。」

「二姨——」她拖著長長的聲音，撒嬌的說：「我不會餓，妳可不可以還是回來，我們等妳一起吃飯？」原來我不說話的兒子比魔鬼還可怕。

他小姑姑的獨生女在另一個暑假到多倫多修課，姑姑要他去機場接女兒。我不知道他如何回答，只知道結果是沒去，連面也沒見。

我鼓勵他要像西方人一樣，每年都出門旅行。他終於選擇良辰吉日一個人到Prince Edward Island省的Charlottetown小鎮去旅行。在那個靜僻優美的鄉村，他騎著腳踏車，在小鎮來回騎了八小時六十公里，他信裡說：「路上風景有些很不錯，時常一個人也不見，四周只有我一人，感覺很好。不過人文藝術對我的吸引力還是比較強，大自然看來看去還是差不多……提早回來有點可惜，不過還是覺得家裡比較好。」

他本來什麼都不像我的，怎麼竟然跟我一樣喜歡待在家裡！我用盡腦力想要他多動多玩多交朋友……。最後，我投降。

他從不「淋」人，不像雨，更不是及時雨，只是一株兀自佇立寧靜的樹。

下午茶時間

「小時候的記憶就像在夢中一樣，不是因為時間久的關係，而是那時大多時間都在自己腦袋裡度過。」

「為什麼？」

「可能是討厭現實、或是討厭現實的自己，所以總是留在自己編織的世界裡。那時想像力很強，即使明明知道不是真的，但感覺一點都不假。」

「真巧，在高中畢業以前，我跟你一樣」我說：「總以為自己只是在夢中，眼前一切都是假的，不知道什麼時候才會醒來，回到真正的世界。到了大學，我好像就忘了這些事。」

「到了多倫多，其實我並沒有改變。一開始比較外向，那是因為面對太陌生的環境。」他說：「等到一安定下來，我的生活、我的腦子跟臺灣仍然沒什麼不同：固定的幾個朋友、固定的生活習慣、仍然沉迷在自我的世界裡。」

「唯一不同的地方，是學校的成績。」他說：「為什麼我肯念書了？我也沒有用心想過。」

「那個時期是青少年的叛逆期，你覺得是否有關？」

「我不知道。」他說：「在臺灣時，我幾乎不讓任何『現實』進入我的領域，在多倫多就放鬆了些。不過，要我和大家一模一樣，大概也做不到。」

「肯跟我說話已經很了不起了」我說：「你是否想過，在多倫多，我從來沒有要求你用功念書，我只希望你正常生活就好，為什麼你自己用功起來了？」

「大概我也有中國人的傳統觀念，認為念書很重要，而且家裡都是念書的人。」他說：「妳記得嗎，我跟上學校進度後，其他同學都在交友遊玩享受人生時，我卻想當一名學者。也是這時候發現自己相當聰明，這是在臺灣時絕對想不到的。」

我記得在他高三時的飯後聊天裡，我說人到中老年，因為孤單寂寞而信教者多矣。他竟然說：「我們弄學術的不會寂寞，所以不必信教。」

他曾經想當太空人，後來發現加拿大只有極少的太空人，他很難有機會。之後又想專攻物理，最後還是放棄了。放棄的原因，都不是失去興趣。

「雖然知道自己聰明，可是更聰明的人多的是。」他說：「聰明的人一定有能力找到自己的界限，如果沒有能力突破，打擊會很大。結果，你覺得仍然像是被一個叫平凡的大海淹沒一樣。」

「我們家的人都太保守，太常給自己界限。有很多時候，界限是可以不斷突破的。」雖然如此，我也不想用力說服他。

「當你還是小孩時，可以無限自大，因為將來是一個開放的未知數。」他說：「我們一定是在實踐的過程中慢慢知道什麼是可能、什麼是不可能。成熟，有時後就是在了解自己的界限在哪。」

「我看你還是很用功啊！」

「上了大學，對我而言是一個挑戰。我的衡量標準是自己的成績。因為大家都說大學的分數會比高中時低，我的目標就是分數保持以前的水準。所以，妳看見的我還是用功的。」他說：「但是，那個學者、研究家都沒有了，我想玩我喜歡的動畫、遊戲，將來如果找工作，一定跟這方面的程式設計有關。」

「不論你做什麼，」我說：「你喜歡你選擇的工作就好。」

人文與科學

我念研究所時，朋友擔任指揮家鄧昌國、鋼琴家藤田梓夫婦兩個兒子的家教。他說這對夫婦完全不願意兒子走他們的音樂之路。當時，我們都很訝異，音樂之路雖然很難出人頭地，但他們兩人已經功成名就，要輔佐子女走這條路要比別人容易很多，可見其中甘苦必然難以盡言。

在臺灣，不僅是我念書時，即使現今，仍然重理工輕文史。雖然二十一世紀號稱是「文化產業的世代」，念人文科系的學生仍是茫茫然，不知從何著手努力。社會現實就是理工出路較容易，人文藝術光靠天分與努力，有時仍然無法出頭。

我非常希望兒子的潛力得到開發，不論是文學藝術還是理工科學。可是，在臺灣的教育生態裡，孩子的潛力要得到開發，相當困難。兒子九歲時曾經說過一句讓我暗暗佩服的話：「我覺得人生就像賭博，比如我們被分到哪個老師，完全靠賭，運氣好就是好老師，運氣不好是壞老師——就倒霉了。」

在多倫多，有兩位補習老師的豐富人文素養讓他非常佩服，有一次談電影《阿甘正傳》延伸的文化問題，讓他心服口服。他從自己的興趣也摸索出性向。他喜歡打電玩，除了享受「打」的樂趣，他還欣賞電玩的畫面設計、配樂及音響。他說：「現在的電玩，絕對不只是遊戲，它從頭到尾就是一部藝術作品。」

那時，他正在玩「Final Fantasy Ⅶ」，裡面的配樂是「One Wing Angel」，他查出其靈感來自歌劇「Carmina Burana」的一部分，就跑去買歌劇原版CD。漸漸的，他不只喜歡動畫、遊戲等配樂的原聲帶，也喜歡作者的其他創作。就這樣，家裡的CD一張張增加，而且範圍極廣。我常想，一個高中生，會以西方歌劇成為他讀書的背景音樂，不能不稱奇。他後來還買了電子吉他，自彈自唱，以他的個性，足夠讓我驚奇。

更令我意外的是，他居然臨時上臺演戲。那是在ESL班級學期最後一堂課，老師突然要大家讀莎士比亞有關凱薩大帝部分。讀完，立刻要學生分組上臺表演。兒子小組分到凱薩被暗殺的部分，沒人肯演主角凱薩，最後竟然由兒子擔當。既沒時間背誦臺詞也沒時間排演，直接上場，沒想到同學都很認真的演「刺殺」，把他嚇一大跳，忘了臺詞，停了幾秒後才想起來，然後倒下裝死。

回來後，他說：「沒想到，停了幾秒反而更有逼真感。真好玩。」這個過分文靜的孩子，居然也認同演戲很好玩，可見對戲劇也有興趣。

跟鄧昌國夫婦一樣，我完全不願兒子走我的文學路；可是，這個喜歡思維的孩子，只有文學是我們之間最能暢談的素材，他常說：「沒想到討論起來蠻有趣的。」我能不興奮嗎？但是，我心底是焦慮的，萬一他選擇人文學系，我絕對不能阻止。

在十二年級時，英文課老師叫兒子不要用Coles Note（參考書）來寫論文報告，兒子問我：「如果寫出的東西和你完全沒看過的資料一樣，那要怎麼辦？」

「所謂一樣，那一定只是見解相同，文字不可能完全一樣，所以不是抄襲。應該說英雄所見相同，這是可以查證的，只不過你老師沒有查，就斷定你是抄襲，這是不對的。」

他在ＯＡＣ課程寫了一份從外星人看人類的報告，老師也認為他是抄襲。經過兒子再三解釋他對科幻的了解以後，老師才很不情願的更正分數。

「經過這些摩擦，我對文學評論的基準實在沒信心。雖然我知道在藝術上時常有見仁見智的問題，但是和理科的確定性比較起來，後者才能讓我安心。」

我想起，在臺灣國家文藝獎的決審會上，有位評審給某書零分，我們其他評審給再高分也救不了它。文學藝術的評斷的確有很多主觀成分，兒子的抱怨，我無法反駁。

他最終選擇電腦，我暗暗透一口氣。雖然如此，他在大學最喜歡上的是哲學、動畫，自己額外去學的是繪畫、電影。

畢業後，他選擇在電玩遊戲公司上班，負責程式設計以及配樂。從他身上，我知道人文與科學經常可以同時並存，只是每人的性情有所偏好，他骨子裡似乎人文藝術占的比例大些。

他固執

兒子休學在家，等我休假時陪他出國讀書。這半年時間正好給他補習，除了補英文，我想他喜歡電玩，應該願意補電腦。我翻閱報紙，看到一幅長條廣告，全面性又長期性的教授電腦課程，我慫恿兒子一道去看看。

在門市部，公司服務員介紹整個課程內容。並且說，上課的人必須先通過智力測驗才能進讀這門課程。他當場給兒子筆試、通過，當時我完全沒想到這是引誘顧客上門的花招，只欣慰兒子不笨，所以很爽快的付了頭期學費一萬五。我們出門剛坐上計程車，兒子就開口：「我其實並不想上這個課程。」

我愣住：「那你想要什麼樣的課程？」他對電腦的認識不會比我多，不可能有自己的偏好啊！

「上星期在資訊展看到的東西，我比較喜歡。」

第二天我獨自去補習班辦理退學手續，只領回六千元。是他自己在報紙上找到全臺北唯一開設3D繪圖的課程，並選擇了它。

這個教訓，讓我想起以前也發生類似事情，都是我欠缺反省力，才會重蹈覆轍。

他一無所長，只喜歡玩電腦，有一次我在店裡看到「電腦用語詞庫卡」，我自己很滿意使用的大易詞庫，就自作聰明為兒子買下詞庫卡。後來發現他從未使用它。

我曾經找師大資訊系學生為兒子補電腦，成效也不彰。

印象最深刻的，是送他去參加卡內基。

卡內基的廣告非常誘人：「可以培養人的自信心與演講能力及領導能力、增進記憶力、獲得良好的人際關係與成功的事業。」

我並非受廣告影響，而是親眼看見那活蹦亂跳的侄子參加卡內基成人營之後，更加俏皮可愛，我就直接為兒子報名暑假的「卡內基青少年營」。

當我收到兒子帶回來的資料，我就知道我的目的泡湯了。

開課第一天，要每位孩子簽署一張「下列理由不能阻止我來上課」的自律條約，裡面列出的三十七項理由幾乎全是成人的問題，例如「快結婚」、「加班」、「出差」、「孩子生病」、「岳母要來」、「需帶小孩」、「離婚」、「查稅」、「老闆責備」、「剛換工作」等完全和青少年無關，而國中生沒有開車資格，又哪有「輪胎漏氣」、「車發不動」等問題？

日後上課使用的「學員手冊」也未替青少年調配適當「菜譜」。內容時常屬於青少年不關心的成人事業，例如會議、談判、財務、經濟、企業、主管、企業失敗……等等，如何引起青少年學習興趣？

至於教學方法也套用成人方式。成年人和青少年參加卡內基最大的不同在於意願，前者在繁忙的工作中主動報名參加，青少年可能都像我一樣，在父母哄誘之下半推半就而來。課程中就必須設計誘發學習興趣的內容才行。

卡內基課程很需要學員事前準備、事後思考，缺乏學習意願的青少年就很難做到。以致他們必須上臺做三分鐘的演講大多只是急就章。

這課程，兒子也一無所得。

平時看起來很溫順的兒子，其實有十分固執的地方，他只選擇他真正想要的東西。我花了這麼多「學費」，居然沒有學習到「尊重」的道理、沒有從這些教訓中得到成長，活該再次受挫！

想想，教育本來就是在孩子「想要」及「需要」之間做適當的調停。我自己是電腦文盲，卻執意替兒子安排電腦詞庫與課程，既無視他的「想要」又誤會他的「需要」，根本就是濫用母愛。

到了多倫多，一向不愛求人的我，特地煩請芝蓉兒子過來，讓他跟兒子一起討論需要怎樣的電腦。就這樣，我們買了一部芝蓉兒子說「天文數字」（九千加幣）的電腦。我毫不後悔。

他幽默

我的骨子裡有很多怪點子，一直以為兒子必定也調皮搗蛋，結果和預期完全相反。從小，我就沒要他乖、沒要他守規矩，幾乎沒有給他任何限制；可是，他天生會自我約束。

國小時，他喜歡打電玩，我們晚上去師大夜市吃宵夜，經過電玩店，他佇足門口，看了又看，捨不得離開，我忍不住說：「走，進去玩一下！」

他搖搖頭：「門口寫著：未滿十八歲不得進入。」

這樣一個乖寶寶，不但不用教育他要中規中矩，我反而鼓勵他偶爾走到常軌之外，玩一下；但，他總是不。

幸好還有些冷幽默。

聊天的時候，我說：「你到底有什麼地方像我？」

「有啊，像妳的缺點。」

「我有什麼缺點？我想不出我有什麼缺點哩！」

「那就是啦，像你一樣是沒有缺點的人，這就很不容易了。」

「嘿！原來你跟我一樣，有幽默感！」我開心的說：「小澍，你真好——」

他立刻說：「我不好，我其實有很多缺點。」

「你真謙虛，我說你很好，你立刻說你不好。可是，我真的覺得你很好啊！」「妳這樣想也很好。」他說：「我的話是雙關的。」我大笑。

兩人相處，只要輕鬆，空間就無限廣大。我這個急驚風時常漏氣，有一次接了電話，我匆匆下樓要交貨，跟他說：「我馬上就回來。」

剛剛把鐵門關上，發現東西忘了拿，再開門，他立刻說：

「果然馬上就回來了。」

我越來越疼他。有一天，他說：「妳很溺愛我。」

我大叫：「天哪！連你都這樣認為，我一定得修正——」

「我還沒說完，」他打斷我的話：「繼續下去。」

才不過第二天，學生想調課到週三下午，我回說那時間要陪兒子去補習。他知道後，立刻說：「難怪別人都說妳寵我，原來妳什麼事都拿我當藉口！」

我哈哈大笑，說：「越看越覺得你真好，你到底有沒有缺點？」

「沒有缺點。」

「哇！那麼完美啊！」

「我還沒說完——沒有缺點的，哪是正常人？」

我重重捶了他一下：「都是你有理！」我說：「汪婆婆告訴我，你爸爸在花園新城的房子裝潢得像皇宮，她叫我回去當皇后哩。我說去了仍然是傭人。」

「不錯，他們傭人房都準備好了，正要聘請菲傭。」

我既沒當皇后，也沒做菲傭，而是到多倫多做臺傭。我看了他第一次考試成績單，很滿意的說：「你工藝九十七分，真強。」

他說：「全班都很高分。」

我說：「你數學很好。」

他說：「這裡數學太簡單了。」

「你真遜！英文只有五十四分。」我說：「這樣你滿意了吧？」他笑。

初來時，我們租的大廈有三溫暖設備，朋友要來享受，我陪她們下去，經過信箱見到有信，就帶進烤箱在微弱燈光下邊烤邊看。回來跟兒子報告，他的結論是：「可見妳不太用功，所以眼睛還好。」

在多倫多比較空閒，我拿出用薄薄航空信箋寫的舊書信正要整理，他經過我旁邊，看到信紙背面的字跡：「咦，妳的字怎麼這麼整齊？」

「嘿，可見我的字也曾經規規矩矩過，不是一開始就像日文的狂草。」我說。

「對了，我跟外國人講話時，常常聽不懂他的話，你能不能告訴我一個最簡單又最容易的方法？」

「妳說pardon me，他就會知道妳沒聽清楚，會重講一遍。」

「哦。它是什麼意思？」

他接著講了一句我聽不懂的話。

「你說什麼？」

「我在替妳複習啊！我只是重講一遍，妳就忘了。恐怕妳真的有……」

「沒錯，老人痴呆症。」

他上大學後，我回臺灣到私立學校任教，又漸漸忙起來，外面工作越來越多，跟他訴苦，得到的不是安慰，而是：「還有人要妳啊？你們中文系折舊率可真低呢！」

朋友都知道他長大了，因為遇見我都會問：「兒子有沒有女朋友？」

「沒有。」

「那妳怎麼不急啊？」我一點都不急，他長大了，可以自己決定要交什麼朋友、要單身還是要結婚。聊天時，提起朋友們替我著急，我說：「你結交任何女朋友我都沒有意見，不管是白人、黃人、黑人、紅人……只要你喜歡，統統都可以。」

「也許我結交個黑人女友，妳會很興奮！」

「哇，你真了解我！」我哈哈大笑，重重捶了他一下。

撒嬌方式

他，無論怎麼看，都不可能撒嬌。

有一天，他走進我房間，往我床上一歪，知道必然有事找我，立刻起身坐在他旁邊：「有事喔？」

「我們到底還有多少錢？」

我笑起來：「為什麼問這個？我一定讓你讀書生活都足夠。」

「我知道問妳，妳一定說：你想怎樣就怎樣。」他說：「可是，萬一我們的錢用光了……」這傢伙居然會心理戰，他知道我一定會答應他的，只是這次可能花費比較高。

「只要是你真心想要而且是有意義的東西，我就完全捨得，我就變得有錢了。」我笑著說。

原來，他想買3D繪圖的新配件要美金約三千元。這東西對我們而言，沒錯，是貴。

我說：「你將來可能專攻3D繪圖，這是工具，不能不買。」這小子其實不必跟我來這一套，我總是沒有二話會答應他的：「媽媽還會賺錢，你放心。」

這東西並沒有白買，他花了很多時間自己摸索3D繪圖，最後決定放棄走這一行，仍然是一段珍貴的學習歷程。

有時候，他上床前跑來開我的門，我知道這動作是「告訴」我他要上床了，乃過去陪他。他一躺下，我輕輕拍著他的背說：「你真是幸福的小天使，除了早上起床有點痛苦，其他什麼都輕鬆快樂。」

他說：「哪裡，功課壓力很大呢！接二連三的報告要趕；電腦報告要去圖書館找參考書，有些書根本看不懂，可是下週一就要交了。然後都市課程下週又有報告得寫。」他翻過身來說：「還有，週六要搬家，然後——妳又要回去了。」

原來為這事撒嬌，我的婦人之仁最抵抗不了這種柔性訴求。我萬分不捨的說：

「乖乖，你只忍耐十八天，耶誕節我們又可以見面了。」

我們兩人都有心理準備，到多倫多就學，註定得過聚少離多的日子。算一算，他的適應期大約花了兩年，之後慢慢獨立，不再那麼依賴我。直到有一次，他半夜跑到我房間說：「看了一部電影，好恐怖！」

「那就過來這裡打地鋪。」

他真的把行頭都抱了過來，天天睡在我床邊。直到他和同學相約去歐洲旅行回來後，才回他房間睡覺。

看著他熟睡中的臉，我忍不住偷笑。他最清楚我的膽子忒小，他時常看恐怖電影，如果我走過去，在旁邊看，他會說：「這電影的恐怖程度，妳不敢看的。」如此膽小的母親，在他也害怕面對恐怖電影時，如何有能力保護他呢？他當然沒有想到這些。倒是我，對這撒嬌動作是滿心的受用，興奮得失眠。

他的收藏

小時候，他蒐集swatch手錶。他從不主動說，我也沒問，只見他房間的swatch慢慢增加。他從沒跟我要錢買錶，全部動用他的壓歲錢。

後來，他換了興趣，喜歡做模型，一盒盒的模型帶回來，拆開再組合，工程非常精細，引起我的興趣，鼓勵他多做，當然也就有了「金援」。他的興致更高，每次完成一座，咱倆就趴在地上左右欣賞個半天。家裡空間實在不夠，做好的模型不是放在書架頂端就是書架邊的空隙。一個地震總是傷亡慘重。我想，買模型總比買房子容易。我說：做模型的成就感在於製作的過程，淘汰年久失修破損的模型，才可以不斷讓新模型進來。目前，多倫多還有兩架劫後餘生的模型佇立在玻璃櫥裡。

他到多倫多的前後時期，迷戀著日本漫畫，經常抱著日文辭典自學日語。

他人在多倫多，看到臺北一位網友拍賣日本高田明美的絕版畫冊，有六十頁，彩色人物畫，出價五千臺幣。他非常擔心被別人標走，第一次跟我討錢求助。我只好打長途電話請四妹替我領錢，再請小弟去跟對方約好時間地點取貨。他先把網路上畫冊內的圖片列印出來空郵寄給小弟、再用電子信把圖片傳過去，以便小弟核對畫冊真假。

當小弟拿到畫冊時，他又擔心臺灣濕度太高，不但怕畫冊會發霉（對方是放在防潮箱裡），他還有ＬＤ及swatch手錶也怕潮濕，我第一次看到他如此婆婆媽媽，答應他下次一定把這些寶貝全部搬到多倫多。

在他迷戀日本漫畫的同時，不可避免也會愛上日本動畫。二十世紀的八○、九○年代，日本動漫畫名師接踵而出，在全世界大放異彩，他恰好趕上這個盛世。不用說，手塚治虫、宮崎駿、大友克洋、庵野秀明等的所有作品都成為他蒐集的對象。

從日本動漫畫中，他學會了藝術鑑賞。不用說美國早期的迪士尼卡通他看不上眼，就連我極為偏愛的皮克斯系列卡通，他都嫌幽默有餘、深度不夠。

他從大友克洋那裡，深深理解人性不是善惡兩面一刀切，他喜歡看日本藝術家對人性多面、複雜而糾纏的細緻演繹。

我說：「宮崎駿的作品大多溫馨，應該不符合你的標準啊？」

「宮崎駿的深度和大友克洋不一樣，宮崎駿不只是建築一個美麗的理想世界給你，他還有很多的想法藏在裡面。他這位漫畫動畫雙全的藝術家，那七本《風之谷》的漫畫實在很有深度，而老少咸宜的動畫《紅豬》，有藝術、有思想、有關懷，」他說：「他對人類的行為有很多的無奈呢，只是沒有很清楚的講白，這不就是藝術嗎？」

史蒂芬・霍金是他高中時代最迷戀的對象，除了蒐集霍金本身的著作，也蒐集研究霍金和其他任何相關的資料。有一次，芝加哥華文作家協會邀我去演講，要我也帶兒子過去。他到了那兒只忙著跑圖書館，中、英文都在找霍金、讀霍金。

最近兩年，我到多倫多，發現家裡有關羅馬的資料不斷增加，包括TV series HBO's "Rome"、Mike Duncan's podcast "The History of Rome"、"Roman Lives" by Plutarch、"Emperors of Rome" by David Potter……等等。跟他聊天時，只要我願

意聽，這個平時不愛講話的人，立刻滔滔不絕大談羅馬興亡史。還告訴我：現代人類如何在重蹈羅馬覆轍……。

這次我來，他仍然是「羅馬專題」，不是看電腦就是看書。有時，他躺在沙發上，悠閒的傾聽CD，很像中國的說書，內容也在說羅馬。

從小看到大，我心底暗暗地想：凡是他愛上的「題目」，總是非常用勁地蒐集資料，用研究般的態度去理解、去翫賞，這種特質很適合做學者。他也曾經想走這條路，我雖然沒有明顯反對，卻時常大力讚賞加拿大人重視平凡生活中的各種趣味，休閒在他們生命中乃不可或缺。

他後來放棄研究之路，不知是否跟我的「洗腦」有關。不論是否，我都高興。我寧願他在休閒生活中，帶有一點專業精神，也不要他在專業工作中，像機器人般毫無休閒生活。

漫畫夢

他跟我一樣，從小就喜歡漫畫。我不認為這是遺傳，小時候沒有娛樂，當時流行《漫畫週刊》，我只不過跟隨潮流罷了。

他對漫畫卻一直很執著。我非常遺憾發現得太晚，小學時只想到讓他學珠算、電腦之類。

國中時，我的朋友每週都買《少年快報》，看完就丟在我家，兒子跟著成為忠實讀者。當時我想，用來休閒、疏解壓力也不錯。

當我們要移民多倫多時，行李總共只有五件，其中一件就是他收藏的動漫畫。

「你到底喜歡漫畫哪些地方？」

「最早看漫畫是消遣和幻想，不知什麼時候開始喜歡看西方電影，覺得看完後還會想很久、想很多。有時再看一遍，就想到更多東西，覺得很有意思。後來發現很多動漫也有同樣效果，就迷上了。」

「你以前喜歡的3D繪圖跟這些有關係嗎？」

「妳看不出來嗎？大四時我對學校功課已經不在意，我全力專攻『電腦動畫』。這是很久以前就想修的課，一直沒機會。在這門課裡，我有很多空間可以發揮。」他說：「學期末有個動畫比賽，那時候，每個週末我都在準備這個呢！努力沒有白費，比賽拿到第二名。」

「你都沒有告訴我，真討厭！」我敲他一下：「什麼事，都得我問你，才說。」

「那我現在告訴妳，在那時候，我就確定將來如果要寫程式，一定跟動畫有關。」

大學畢業，他去了日本做漫畫家。我其實非常懷疑：要當漫畫家何必親自到日本去？只是藉口吧？他在日本一年多，我每次去看他，都在畫漫畫。沒想到，去日本的結果是他終於放棄了漫畫夢。

不過，並沒有放棄繪畫，他下班後參加繪畫班，前年我到多倫多，看到書架上、地上都是他一卷一卷的畫作。我們本來是「家徒四壁」，現在也掛了許多各色繪畫與攝影。

「找到一個夢，感覺自己有些同質細胞，於是開始尋找自己的潛力。」我跟他說：「最終放棄這個夢，並不代表失敗，而是發現那不是自己真正想要或能要的。也或者，發現這方面的極限……總之，原因很多。但只要曾經嘗試與努力，整個過程都會充滿趣味。你應該不會後悔花了那麼多精力吧？」

「漫畫如果變成我的職業，妳一定非常緊張，對吧？」

「你真了解我！」我捶了他一下：「但我也不會阻止你，只是會非常擔心。」

「現在，繪畫成為我生活的休閒，你我都滿意了吧！」

親暱方式

小時候，他是出名的連體嬰，不論在哪裡，總是緊緊黏著我。十歲時，我們在長江三峽遊輪上，大陸人好奇的問他：「你長這麼大還黏媽媽啊？」我看他難為情，立刻解圍說：「臺灣的孩子都是這樣的啦！」。

自從他在小三時移居父親家後，只在週末回我這裡，表面上他日漸長大，其實是逐漸保守，和人越來越有分際，母子的心逐漸有了距離。最嚴重是高中考試時，完全拒人於千里之外。

我萬分痛心，絕不相信他不需要親情。我每天嘗試新方式想融化他，雖然終於攻破他的「心防」，恢復早年的信任基礎，但在行動上已不再跟我親暱。

剛到多倫多的日子，他背負著沉重的功課壓力，每次一用完餐就直接轉到電腦桌，我們唯一聊天的時間就是晚餐正在進行的時候。

偶爾飯後，他沒離座，我起身收拾碗筷時，他會幫一點忙，再去做功課。後來發現，他沒離座，是想繼續聊天，如果我坐著沒動作，他靜靜坐著也不走，這時我就得想辦法跟他聊。

每天要想新點子很辛苦，順口亂掰最方便：「學校作文題目有寫過『我的母親』嗎？」

「沒有，為什麼？」

「如果出這個題目，你的開頭可以這樣寫：我家有個瘋婆子……」

他說：「接著寫：她很善良。」

「哇！你對我這麼好！」我高興得跳起來。

「我還沒有寫完——」他說：「她時常裝瘋賣傻要逗她兒子發笑。」

「你看，有個三八媽媽多好！」他終於比較合我的胃口了。

有一天我得陪朋友出門，且過一夜。我準備了很多食物給他。

「一個人享受整個空間，很好吧？」回來時，我問他。

「不習慣，」他微笑說：「因為沒有人吵我。」

平常果真都是我在鬧他，他幾乎不主動說話、不要求任何東西，一個不小心，他就掉回那過於無聲無息的沉靜裡。所以，每一次晚餐後，我都很用心「感應」一下他是否想聊天。就這樣，有時一直聊到十點多。

這是他青年期親近我的方式。這方式並不是我期待或者努力促成的親子關係。我總希望他活潑調皮一點、主動多話一點、甚至可以抱怨一些、囂張一下。但他不，他在少年期就格外文靜，如今則是含蓄內斂、惜話如金，有時我得注意並猜測他動作背後的意義，偶爾不免偷偷嘆氣：做這種猜謎媽媽好累啊！

換一個角度想，這樣的親子關係也很好，只要談到稍微有深度一點的話題，他儼然就是一個可以談心的知識分子。大學畢業後，他的常識學問都比我豐富，聊起來，我總是有很多知性收穫。他以他的方式親近我，我應該很高興的接受。

給你的信

知道你跟傑夫一起去享受法國大餐，兩人都很滿意，我幾乎也分享了你們美食的快樂。

你昨天問的好：「妳這麼實際的人，怎麼會鼓勵兒子過有休閒、有情調、有品味的生活呢？」

主要是因為你工作時間太長、坐在電腦前太久，平常休息就不夠，週末又很少安排休閒活動，每年也沒出門旅遊，我才會叮嚀你要講究生活品質。

你一定會問我：「照這樣看，妳自己的生活也沒有品質啊！」

不錯。我的生活缺乏品質，跟我生長的環境有關，我長期處在沒有權利選擇生活方式的環境裡；而你，不一樣，你可以選擇要過怎樣的生活。

我完全不祈望你有任何地方跟我一樣，你只要像你自己就好。不論我過怎樣的生活、有怎樣的觀念，我都不會用我的價值觀去要求你。

我希望你過有品質的生活，只是一個大方向；就像，人要活得有意義一樣。這是人類普世共同的價值觀。

在我小時候，全臺灣都窮，大家過窮日子並不覺得辛苦，但經常做金錢的奴隸而不自知。比方說：為了供給妹妹伙食費，我的大學生活除了上課就是當家教。結婚後，一邊念書一邊教書，除了自己的家，還要供應兩邊婆婆的家。當時的條件只能做到衣食溫飽，不得不重實際。我一生最大的希望是可以全力專心讀書，可是，從大一開始，我就再也沒有這個機會。

大學畢業後，不知為什麼，社會上有許多工作找上來，你知道我是不擅拒絕的人，手上不斷接了一件兩件，後來是同時多件工作，弄得我被工作追著跑。生活一直毫無品質，我自己卻不知道。

等我發現時，已經太晚，生活習慣幾乎已經定型；比方說，我總覺得出門旅行太花錢太浪費，在陽臺看風景還不是很漂亮——結果，我也很少站在陽臺上。

我完全不希望你像我過去那樣忙碌、有壓力、無法休息、睡眠不足。我對你最大希望是：有工作、有努力、有進步、有休閒、有享樂。這樣的生活要如何安排，需要你自己試探、慢慢尋找。希望有一天，你到我這年紀時，很滿意自己的生活，這才是成功的人生！

有很多人，天天都患得患失、怨天尤人，這是失敗的人生。看看我們身邊有多少這種人啊！他們永遠都不快樂呢！

至於你要從事什麼職業、薪水高低、工作地點……完全由你自己判斷決定。如果你喜歡的工作，別人認為很差，完全不必在意。如果你覺得不滿意，你應該努力調整。如果是別人給的壓力要你改變，你就不免會反彈，至少有許多不情願的心理。這些都需要你自行克服。

你年紀還輕、生活經驗不多，對於自己的性向還無法清楚掌握，所以，你未來要怎麼走？是必須慢慢用心琢磨的課題。也許我們慢慢討論、慢慢研究，會找出最適合你走的路。總之，我對你最大的願望是——永遠過著自己滿意的生活。

兒子忽成年

在他高一下學期，生活及學業都已經完全進入狀況時，我問：「現在我可以留下你回臺灣一下嗎？」他立刻說：「不行！」

多年後，他上班了，我打電話：「這個暑假，你需要我過去嗎？」

「隨便妳啊，妳想過來玩就過來。」

「我去你那裡，何曾玩過？只是煮飯而已。」

「如果妳是為了煮飯才來，妳就不要來哦。妳不是常常勸我要為自己而活嗎？妳早該為自己了！」

「喔，你真的長大了。」

我對孩子平常沒有什麼要求，反而是多倫多結交的朋友，經常要我對兒子這樣那樣的。比方，他一考上大學，就叫我買保險套放在兒子皮夾，說：「大學生都亂來的！妳千萬不要做未婚奶奶。」

他開始上班時，大夥給我意見最多的是要讓孩子經濟獨立，他要管理自己的經濟。我實在「逼」不得已，跟兒子商量，他本來就沒什麼概念，也就立刻接受。

令我意外的是，再到多倫多，明顯感到不一樣——我已經不是當家主人，他這個單身漢才是一家之主。信箱由他開啟、大廈管理費、房屋稅……全部轉到他戶頭扣繳。我最像客人的是——家裡東西擺放的位置不但變了，連內容也不一樣。我的大同電鍋不知藏在哪裡、廚房裡許多我不認得的瓶瓶罐罐。櫃子裡擺著義大利麵條、通心粉……

他又有省錢招數，第一招是停掉電視臺、第二招是退掉電話，他用手機更方便、第三招是把地下停車位、儲藏室都出租、第四招是不請人打掃。

在日本變身的紳士，現在已是一名簡單的單身漢——每天穿著那雙老舊皮鞋、同一件破牛仔褲。有一天，他跟朋友去泛舟，回來時長褲又髒又破。我說：「留下來，讓我明天洗了吧。」

「不行。」

「為什麼？」

「我只有這一件。」

「那我們去買新褲新鞋。」

「不用。」

他明明無意耍嬉皮，只是過於簡便成了這個樣子。棉被已經用了十多年，總是被我丟進洗衣機亂洗亂烘，冬天既不暖、夏天也不涼了，要他一起去換新，還是拒絕。

讓我嘖嘖稱奇的是：早上再也不用我「叫床」。他用手機在起床前一小時設定一節短短的音樂，讓他可以悠悠醒轉，一小時後才有鈴聲叫床。有時，我開門看，只見他坐在床沿、抱著棉被，萬分痛苦的掙扎著，然後慢慢起身去洗澡。

「早上時間這麼趕，你何不睡前洗澡？」

「早上洗澡腦子才能清醒。」

洗澡時間我正好準備他的早餐。即使洗澡也洗了腦，他的早餐食量還是很小。跟他說話，他怕我生氣，把苦瓜臉勉強撐成有皺紋的西瓜。我實在不理解，早晨甦醒對他竟是如此艱難？

他長大，我可有點失落感。想起以前，找不到牙籤，還打長途電話問我放在哪裡？順便再聊一聊，這種感覺多溫馨。

「我真捨不得你長大。」我說：「看到桌墊下我們一起去九寨溝的舊照片，我坐著，你站著，你摟著我的肩，我攬著你的腰，兩人頭靠頭，這種鏡頭永遠不再有了。」

「妳可以再生一個。」

我重重捶他一下。

「你還可以接受讓我煮飯嗎？」

「妳做的食物都是愛心餐，我可以接受。」他說：「妳的缺點是什麼事都替我打點好，讓我沒有機會長大。」

「我不在多倫多時，你不是都靠自己嗎？」

「妳雖然人在臺北，卻老是怕我吃得不健康、錢不夠用。我說要去旅行，妳就問要不要金援……這些就是啦！」

「原來如此，以後我忍不住要金援你的時候，請立刻提醒我、阻止我。」

他無奈的說：「可是，我還沒有偉大到可以拒絕誘惑啊！」

我卻哈哈大笑：「好，我會努力改過，讓你完全長大。」

小弟探親

在我們抵達多倫多三個月後，任職飛機駕駛的小弟特地把班排在經過多倫多，不只來探望我們，還替我把臺灣的電腦、衣服等等家當帶過來。

為了迎接來訪的第一位親人，我非常用心的做了幾道菜等候著。小弟終於到了，卻因時差沒調過來，第一個晚餐時間都在熟睡。第二個晚餐，我盡全力做菜，依我的水平來說，算是滿漢全席，他居然還是睡覺。我實在捨不得辛苦努力的手藝沒人欣賞，把他叫醒，他迷糊吃了一口又睡下。

小弟離開後，兒子恰好兩天不在家吃飯，我只好孤芳自賞，把所有的傑作全部下了肚。

可憐的小弟，他為我帶太多東西，就沒法帶自己的外套，沒想到多倫多極冷。他離開時，我要他穿上兒子的皮外套，等進了地鐵再脫下還我。沒想到在地鐵匆忙分手時，兩人都忘了。我走出地鐵才想起，立刻狂奔回去，守門先生叫我看電視螢幕——眼睜睜看著小弟悠閒的上了車。

回家後，我非常難過，兒子只有這一件厚外衣，明天上學就無法出門，這是週日，趕去買衣服也來不及……正傷心時，忽聽開門聲，只見小弟把皮衣一丟就跑，我說：「你穿上衣服我再送你去車站。」

「不必，我跑回來已經全身大汗。」

竟然還是趕上了飛機，他在機場打電話回來，讓我安心。

第二天，我發現兒子寫英文作業寫得飛快。

「你在寫什麼？」

「流水帳。」

「為什麼要寫流水帳？」

「補習老師要我寫日記，我原來寫的都是有關電視影集的感想，老師要我改寫流水帳，說這才是日記。」

我記得很清楚，這是我偷偷拜託補習班加重他功課的結果。

「寫電視影集的感想要花很多時間去想，可是流水帳很簡單，所以寫得很快。」

我拿過來看，竟然寫小弟來多倫多的事，內容真爆笑，特地傳真給小弟。

小弟探親，像旋風一樣，來得快、睡得沉、走得急。我們幾乎沒有講話的機會。他是我們手足中最重視情誼的人，卻從不用語言表達。他的行動、他的作為——孝順父母、疼愛妻子、友于手足、關懷朋友、熱心公益。勞碌的小弟，永遠都在照顧別人。

小弟常使我覺得遺憾——遺憾沒有機會回報他。

四妹探監

母親育有八名子女，各生下一兩個孩子。在臺北時，每週回娘家相聚，總是熱鬧得快掀翻屋頂。基本上，沒人捨得搬離臺北，否則就相見難。而我竟然飛到多倫多，怎麼不叫手足掛念？

姐妹噓寒問暖的信件不斷，是理所當然。萬萬沒想到，跟我一樣什麼都不會的四妹，過年時要帶著兒子威威、女兒臻臻來多倫多看我這「蘇文」是否真的認真在「牧犬」？

我和兒子沒有車、不認識路，我們哪裡都沒去過，冰天雪地裡，要如何招待他們呢？

他們真的來了，我把他們從機場接回家。

不知為什麼，小弟來探親，只想睡覺；而他們這一家，全體都在高度亢奮狀態，每天都不肯睡覺。

這次探親，跟探監差不多，我們哪兒都沒去。每天，我們都在家，大人聊天、兒子做功課、威威到處翻他的筋斗、臻臻喜歡落地窗外的風景、看多倫多的英語電視。下午就出門在家附近散步，這就是他們的「觀光」了。冬天有雪，已經夠威威玩，臻臻也撿拾雪花，大人只是邊走邊聊。

這樣的觀光，他們全家每天都歡天喜地。而我，可是昏天黑地。每天我都沒什麼機會睡覺，還要苦思如何準備五口之家的三餐。到了最後一天，威威、臻臻興高采烈的宣布：「今晚捨不得睡覺，明天在飛機上再大睡！」

簡直是宣判我死刑！熬到半夜三點，實在撐不住，我去睡了，六點又趕著一個個把他們叫醒，再送去機場。

回到家，我癱瘓在地毯上，動彈不得。

隔兩天，接到妹妹的傳真：

相聚的幾天真是匆忙、充實、充分的快樂，這就是和自己關愛重要的人相處，不管在哪裡都是愉快珍惜的，其實我們以前在臺北相聚也都是快樂的，這次在異國，處處新鮮又好久沒聚，是大不相同的興奮。看到小澍的成長開朗、妳的幼稚活潑，真是可愛。妳穿著小雪靴，背小書包，戴帽子（有滾邊的毛毛的）好似幼稚園中班。妳的言語、年輕的動作，可愛極了……回來這兩天睡得好，感覺好久沒睡床了，在妳家睡地上不是床，飛機上椅子更不是床……

真是叫人哭笑不得的家書，竟說我像幼稚園中班，原來蘇文牧犬，縮水這麼嚴重。我揹的「小書包」就是我買東西「載貨」的背包。

想起三年前，我專程陪她及威威去香港玩。我這路痴做導遊，只是不斷的在彌敦道上迷路，找不到回旅館的方向，還問了四五次路人，大約迷了四十分鐘後，威威發現我們又回到最初的原點。他如果不說，我和妹妹肯定完全不曉得。這個大發現，又使我們全體笑彎了腰。整個香港行，除了跟好友陳娟見面，由她帶我們去海洋公園玩一趟。之外，全都只是不斷開心的迷路、笑自己的糗事。

回臺灣後，四妹竟然說，她這一生，所有出國旅遊，香港行最開心。

對四妹來說，去月球跟去琉球觀光完全沒有什麼差別，差別只在一起去的是什麼人。

親情是人間必然擁有的情緣，如果珍惜它、享受它，必然感到生命溫潤有光。

在家的感覺

我的天性應該是貪玩的，卻一生都被身邊事情綑綁得動彈不得。我總是想：趕快做完這件事，就可以休息玩一下。不知為何，永遠有做不完的事追著我，生命的酸甜苦辣輪番上陣，全都來不及感覺就又被推著往前奔跑。許多人以為我積極，其實只是性急。

直到我們母子住在多倫多，無親無友同時也是無業遊民，兒子天生安靜、喜歡在家，我終於有機會過著單純悠閒的家庭生活。

加拿大人，包括住在這裡的臺灣人，都有休閒度假的習慣。認識的朋友知道我不會開車，週末總是邀我們一起出去玩。在這裡，連一個小公園都大到要開車才能玩遍。週末，我們去野餐、走小徑、坐船，最遠到過北部渥太華旅遊。

兒子漸漸交了朋友，週末改成跟朋友出門，大多是一個晚上的休閒就回來。我明明愛玩，卻因他不再跟我的朋友一起出門，而他的休閒僅一個晚上，只有在兒子和我同時各自出門，我才覺得開心。當他在家時，我就失去獨自出門的興致。

漸漸的，我覺得兩人在家的感覺真好。就此而言，我們住在多倫多或者臺北實在沒有什麼不同。許多人擔心我在多倫多會寂寞，其實哪有時間寂寞？

我時常跟他說：「時間過得太快了，一天沒做什麼就過去了。」

「那表示妳很忙，不寂寞。」

「當然忙啦！每天都得想三餐要做什麼菜？食物要健康、做法要有變化，怕你吃膩、怕你吃少。我正在學習節省力氣的做菜方法。」

「妳已經夠省力了！還要怎樣？」

「你怎麼知道？」

「妳好像機器人，每天六點洗菜，再吸塵擦桌椅，六點半開始做菜，四個爐子加上電鍋、烤箱……同時動員，半小時就開飯。沒看妳花什麼力氣啊！」

「我說的力氣包括精神，你晚餐吃得最多，所以我每天要做四至五道菜，加上一個湯，你幾乎全部吃光，剩下的就是我第二天的午餐。要無中生有想出這些東西難道不花精神？」

「妳不用那樣辛苦，反正妳怎麼做，我都會吃妳的愛心餐啦！」

「可是，我還是想用心一點，實在是以前烹飪程度太差。」

「老實說，這麼久了，也沒見妳進步多少。還是省點力氣，我吃就是。」

兩人在家面對面，過於單純的生活，我要更用心在相處時，每天都想辦法，不是鬧笑話就是說笑話，嘻哈一陣，讓他活絡一下。如果他開心，餐後就會留在餐桌繼續聊天。

他上班後，咱們仍然過著聚少離多的日子，但我已完全沒有經濟壓力，每次相聚，更加珍惜在家的幸福感覺。

落地窗外是連綿的獨棟House區，藍天白雲鑲嵌著遠處林立的高樓，每當我臨窗而立，口中不知不覺哼著小時候的歌：我的家庭真可愛……

平淡的福分

黃昏時分，我們散步到鄰居後院，看那三隻可愛的小松鼠，咱們邊看邊聊天，聊得很開心。我打算回家時，他又主動說去打桌球，我們乃打到九點。

「明天不是暑期課程的期末考嗎？」我終於忍不住問。

「不用準備，是考實力的。」

「喔，你對自己有信心。」

第二天問他考得如何？

「還不錯。」晚餐後，我一個人又朝松鼠方向走，他也跟過來，我們又開始聊天。

「你喜歡你的人生是高潮迭起還是平靜無波？」

「平靜無波？那不是很無聊嗎？」

「那你承擔得了高潮迭起的撞擊嗎？」我說：「有人屢敗屢戰、越挫越勇，最後有人成功、有人失敗。也有人從高峰一下子跌落谷底，就再也起不來。還有人一生夾纏在大起大落之間，像坐雲霄飛車……這些，歷史上、現實裡有太多各種各樣的例子。」

「我也沒有選擇想要怎樣的機會啊。」

「沒錯。」我說：「只能用心準備一個健康的心理，面對我們的未來。命運無法預知，即使你主動選擇平平凡凡的人生，命運未必就不給你驚濤駭浪的際遇。」

「那我到底要怎麼辦？」

「如果遇到高潮迭起的生活，就要從遭遇中學習成長，成熟的人到最後總是選擇平靜無波。」我說：「所以，平淡是從繁華中淬鍊出來的，如果一生從頭到尾只有所謂的平淡，那只是平乏無味而已。」

「我是從熱鬧繁忙的壓力中走過來，最後才知道單純寧靜淡泊的可貴；我也承受過濃稠的愛欲情仇，最後只覺得雲淡風輕真好。」我說：「這些，對你來說，都言之過早。我目前的想法是——懂得享受跟你相處，感覺很溫馨。」

「可是，妳還是得回到以前的工作啊。」

「工作內容可能相同，面對生活環境的心態已經完全不一樣了。」我說：「如果命運沒有讓我們出來走這一趟，我可能沒法悟出這個道理。」

「我以為只有我有極大的轉變。」

「我們離開時，你完全不知道，我把我們臺灣的『家』全部『消失』掉。房子租給別人，電話、家具、書籍，全部都消失了。我們在臺灣失去了地址。」我說：「出來時，也故意不帶朋友們的電話地址，覺得這樣自然消失比較好。你說，這是什麼意思呢？」

「我們要過完全不一樣的生活。」

「是的，但會是怎樣的生活，我完全沒有把握。」我說：「我帶著你，做了生命最大的冒險。如果失敗了，我們只好回臺灣，被人恥笑——這個，我不在乎。我只怕耽誤你的前途，或者讓你受傷更重。」

「我覺得我過得很好。」

「當然，我們終於度過難關了。」

回到家，晚餐後，我們又聊起來。我說：「你真的沒什麼缺點了，以前唯一的缺點是懶，現在早上會自己起床了。」

「人總要有一點缺點嘛。」

「說你沒缺點只是針對我而言。面對社會，你要學習的還多著呢！」

「還要怎樣？」

「例如你跟外人接觸，親和力要多努力。」我說：「你本身溫和，照理已有親和力，但是你太被動、太沒技巧，稍稍注意一些就會進步很多。我們不必諂媚別人，但對自己喜歡的人，不要失之交臂。對人生的要求不必多，只要讓自己生活在一個平淡有情味的環境裡，就很好。」

成長

「你曾想過，為什麼在臺灣不肯讀書嗎？」

「讀不下去。」

「在青少年的叛逆期，你用不讀書來反抗，你知道在反抗什麼嗎？」

「不知道。只是不快樂、不想讀。」

「補習班老闆跟我說：『妳有沒有發現，Chester從剛來加拿大到現在，由小孩變成一個大人了。』他沒說是身高體重還是心智精神，我想是他整體的感覺。」我問：「為什麼才一個多月，別人看你，就從小孩變成大人？」

「不知道。」

「因為你成長了。成長不只是指身高體重，更重要的是心態與心智。」我說：「成長的過程就是慢慢認識自己是怎樣的人：包括自己的個性、喜好、天分，找出自己天生的優點與缺點。凡是願意成長的人，就會努力發揮自己的優點、努力克服缺點，慢慢走向心中理想的『自己』，人生的過程就是要不斷的成長。」

「教書以後，特別感到孔子的話時常顛撲不破。吾十有五而志於學，三十而立，四十而不惑，五十而知天命，六十而耳順，七十而從心所欲，不逾矩。」我說：「像孔子這樣的偉人，他歸結自己的一生，十五歲開始立志求學，到了三十歲心智成熟，已經可以獨立於世間，四十歲時可以看清人間百態，五十歲時理解形而上的宇宙哲學。到六十歲，心胸開闊能夠接受各種不同的立場、不同的意見。七十歲時，他隨心所欲的做任何事，都不會逾越規矩法則，這個階段可真是修養到家了。孔子七十二歲去世。這裡又可以跟他另外一句『朝聞道，夕死可矣』配合起來看，我們追求成長、追求真理不但永無止盡，而且在追求的過程中就充滿成就感，所以說即使早上領悟到真理，晚上就去世，也是值得的。孔子自己的人生似乎也見證了他自己的說法。」

「妳好像在上課哦！說這麼多，跟我有什麼關係呢？」

「你以後就會理解。總之，以前你拒絕成長。現在，你已經面對自己、開始成長了，只是你還不自覺。走在成長的路上是快樂的，你不否認現在比以前快樂吧？」

「嗯。」

「不讀書不只是叛逆的方式之一，還包括不肯面對自己、不肯面對所有的事情。能逃就逃，這就是頹廢。」我說：「從不讀書到肯讀書，是一個關鍵性的成長。從前途茫茫到擁有理想，又是一個關鍵性的成長。恭喜你──目前擁有理想。」

「我還不知道將來要做什麼呢？」

「那一點都不重要。你目前不是很喜歡電玩嗎？你不是很偏愛《星際奇航記》嗎？你不是喜歡想破頭都摸不清的電影嗎？你不是很喜歡3D繪圖嗎？……你有這麼多有興趣的領域，表示你可以朝任何一個方向發展。例如你可以成為電玩遊戲程式設計師、做電影裡的3D繪圖，你甚至可以讀哲學、物理。」我說：「只要你對目前學習的東西有興趣，將來要走哪一條路，真的不必急著決定。等到你再成長一些，就會自然出現的。所以，再次恭喜。」

開心

好一陣子，不論在車上、路上、甚至工作中，腦子經常浮現你的影像，內心立刻歡動起來。想著，遠在地球的另外一端、十六小時的飛機行程、十二鐘點的時差。啊，兒子，我們分居在地球上最遙遠的物理距離。可是，我的心時時熱絡著，好像你就在我眼前，跟我談科幻、動畫、電影、小說……

作為母親，我有很多缺點，不知為什麼，你從不挑剔。記得你念小學時，我問：「你認為媽媽什麼地方做得最差勁？要改進？」你想了想，沒說話。我很誠實的說：「照顧小澍最差勁啦！」你笑說：「應該說最盡責了。」想起來，我就感動著。

我經常問一些很無聊的問題：「自從你回來之後，我就覺得自己老了，你猜為什麼？你一定猜不到的。」

你笑著想了想說：「因為你要照顧我，太忙太累。」

「不對，就知道你猜不到，因為你在這兒使我發現你真的長大了，有這麼大的兒子，當然襯出我老啦！」我經常立刻又轉一個話題：「還有，你認為我希望你不用功、用功、很用功、還是極用功？」

「不知道。」

「不能說不知道，你是最了解我的人。」

「不太用功。」

「哈，世界上哪有媽媽希望自己兒子不太用功的？」

「你不是常常叫我要多休息、多出去玩、多交朋友嗎？」

「老實說，你要不要用功，我都沒意見，你現在這樣讀書，我很滿意。不錯，我更希望你活動一點，不要整天坐在電腦前。」

西元兩千年三月，我談到梁實秋跟梁文薔父女間的感情實是人間少有。我說：「世界上也很少有母子間相處像我們一樣沒有給對方任何壓力吧？」

你還沒回答，我立刻套用梁實秋女兒的話說：「你一定會說別人家的事，我怎麼知道呢？」

「我正要說呢。」

「世界上完美的母親也不多，胡適一生受母親負面的影響可真多。你找得到一個完美的母親來讓我學習嗎？」

你想不出來。我連連的逼，你終於說：「與其要求別人好，不如要求自己好。」

「喔，好有哲理的話。那你為什麼不努力讓自己變得很好呢？」

「我想過，但像天方夜譚，很難。」

「其實，每人都有永遠改不完的缺點，儒家說的『止於至善』是一生的功課呢！」我說：「只要缺點不會傷害到別人，換另一個角度看，有些缺點其實是優點。」

「為什麼？」

「例如，我覺得你的缺點是太安靜、太內斂；但別人可能覺得你很文雅有教養。」

「又如，你對我從來沒有任何要求，這是你擅於包容的優點；可是，從來沒人提醒我，使我沒有改進的機會，反而是缺點。每個家庭多多少少都有這些問題。」

你居然說：「親子關係就像政治一樣，從來沒有完美的成品。」

「那麼，在你身邊，你所見到有沒有比較好的例子？」

「我們就是了。」

哇！我的心，立刻像玉米花般蹦蹦跳得好開心、好滿意！

烹飪哲學

我一直不相信烹調需要才華，我認為只需要耐心。

對於烹調，我只用心在健康上，從來不講究胃口。所謂美食，通常只是加了很多有害健康的調味料，討大家的口感，卻讓人吞下一肚子毒素。

只要兒子在，前一夜我會先想菜單，把該解凍的東西從冰庫取出，每次都算好兒子到家前半小時開始「炊具總動員」，讓晚餐準時完工。

在我的飲食「哲學」裡，人肚子餓了，自然不挑食，天然食物本身就味道鮮美，吃個七分飽就會自動休兵。加料的美食只會讓人吃到撐還停不下來，這不是慢性自殺嗎？

對於食材，我只注重新鮮與營養價值。遺憾的是，再上等的食材到了我手下，都只能保有原味。烹飪時，對於調味品，我特別斤斤計較，幾乎什麼都捨不得放，烹調時間也認為越短越好。

在臺灣時，有一天正值晚餐時間，司馬中原突訪我家，只好請他便餐，他吃了幾口，就說：「妳炒的青菜，好像生菜沙拉。」

從此，即使他餓倒在我面前，也不做菜給他吃了。

老友王抗一直處心積慮、苦口婆心從四面八方想攻破並重建我的烹飪哲學，我可是從來不動心。所以，兩人如果同時在家吃飯，往往是他嚼他煮的食物，我吞嚥我做的飯菜。

今年要去多倫多之前，王抗動之以情，要洗我的腦袋：「妳對兒子好一點嘛，我教妳幾道非常容易做又很健康的菜，好好款待妳的寶貝兒子。妳不是最疼他嗎？」他不間斷的口授，我壓根兒沒收進腦袋。

到了多倫多，我們仍然過著熟悉的家庭生活，兒子仍然消化著我發明的早晚餐。每逢週末，兒子挑選一家他喜歡的餐廳，我們共進一次外食。

這一次，我特別發現兒子在餐廳不但吃得開心，而且食量驚人，他在家裡吃飯——尤其面對我那十穀飯——總讓人覺得有點吞嚥困難。我一時動了惻隱之心：我一直這樣虐待我的兒子嗎？外人見了還以為我是後母呢！

想起剛到多倫多時，洋人超市裡任何食材都是又大又多，像要餵豬般，一大綑一大綑的賣。挑那最小的一綑回家，每天燙這青菜一個星期還吃不完。

那些日子，我可憐的兒子每天乖乖扒著飯、夾著菜，吃得少少。當他打開冰箱倒一杯牛奶來「下飯」時，我就知道整桌的食物失敗到極點。

我一直沒有改變我的烹飪哲學，實在是因兒子從來不曾抱怨。我確實思考過，是他修養好到能如此逆來順受、還是無可奈何地接受「人沒有權利選擇母親」的宿命？也曾經老實問過兒子，他竟笑笑說：「還好啦。」

想起王抗的一片好意、兒子的長期包容，深深感到自己同時辜負了兩個人。於是，打電話請王抗口授菜方。

就這樣，我開始了第一道「烤南瓜」。那天，已經是成年的兒子在晚餐桌上，開心的輕叫：「哇塞！真的很好吃耶！」

這可能是養兒子二十多年，他第一次「享受」我的烹調。

＊＊＊

烤南瓜成功之後，我的興趣大增。再電話要王抗跨海指導。

「我有一小塊去骨的雞腿肉，要怎麼辦？」

「那就做一個冷盤雞吧。」他說：「冷盤雞一般都是做整隻雞。不過，妳還在實習，用一小塊就可以。」

「先請問妳，妳家有薑、蔥、麻油嗎？」

「有、有、有。」

「那妳就聽著……」

豈止蔥薑，我家還有辣椒、蒜頭呢，不用白不用，真想也加進去。不過，既然拜人為師，他怎麼說就怎麼做才是，我乖乖亦步亦趨做將起來。

沒想到，要加麻油時，到處找不著，我剛來三天，不知何時被用光了？只好立刻跑出門，附近只有韓國店可能有，我面對寫著韓文的瓶瓶罐罐找了半天，才看到像汽油桶般的大桶，上面居然有中文「麻油」兩字。我抱著它問老闆有無小瓶裝的？她居然打電話去問，之後告訴我往南邊的另一家店有。我再奔過去。在架子上找到有點像的一個小瓶，又看到一包芝麻，我抱起兩件去問老闆，那油是否用芝麻做成的？她笑說是。我歡天喜地再衝回家，繼續我的工程。

一小塊雞肉，完工後，得放在冰箱裡，我實在不太相信它適合冷食。

這天兒子加班，晚上十點才到家。他說已吃過晚餐，直接走向電腦桌。

我走向他：「臺北朋友教我做一個冷盤雞，你要嚐一口嗎？」

「好啊。」

我從冰箱拿出雞肉，切了三小片給他。

「咦，很好吃！」

「還要不要？」

「要。」

把雞肉全部切出來：「再來碗青菜湯加烤麵包如何？」

「好。」

他一掃而空。

原來說已經吃過晚餐，看這樣子，一點都不像。

當他吃得津津有味時，胃的空間自然變得很有彈性。我一時迷糊起來：究竟吃得健康比較重要，還是吃得快樂比較重要呢？更重要的是，兩者之間應該有平衡點可以掌握，而我這個專業家庭「煮」婦像個偏執狂，過去老是堅持自己的哲學。

十年前，剛到多倫多，家裡附近的日本、韓國小號超級市場，裡面的東西既看不懂文字，又出現太多陌生的玩意。後來朋友帶我去洋人超市，更多陌生的青菜，我只好冒險亂買，似乎每天都在發明古怪食物，只因兒子不曾嫌棄，一直因陋就簡地「煮」下去。而今過了十多年，我絲毫不求進步，還用什麼烹飪「哲學」來掩飾自己的愚蠢。

我想起，有一次跟朋友全家一起聚餐，兒子拿起飯碗說：「這是我在加拿大第二次吃到白米飯。」我應該注意這是兒子不抱怨的抱怨吧？

就這樣，固執多年的「烹飪哲學」，竟然在地球的另一端，被王抗用電話線給輕易的破了功。

糊塗老媽

說我糊塗，也許有人不相信。那是在外頭的時間少，漏底的機會不多。在家裡，一天二十四小時跟我相處的人，心臟總得堅強點才行。

我喜歡過規律的生活。偏偏兒子每週上課時間換來換去。如果一天早上十一點三十上課，另一天就八點四十五上課，不論星期幾，就兩個班次輪流上，已經弄得我頭昏眼花。如果第二天十一點才上課，他前一夜就很晚才肯上床，弄得我每天睡眠時間都不固定。

有天早上八點多的課，我五點多被傳真機吵醒，就再睡不著，起來看書，八點喚他起來吃早餐送他出門。我累了想躺一躺竟睡著了。醒來，一看錶十點，跳起來大叫：「小澍！糟了，忘了叫你起床！」一看，床上空空，沒想到他這麼乖，居然自動起床上學，等我完全醒過來後，才想起是自己昏頭了。

晚上講給他聽。

「哪這麼迷糊的事？」

「一點都不奇，我有前科的，」我說：「小學時放假日，如果不小心午睡，醒來看見外面天很亮，一定立刻抓起書包就衝向學校。」

那天和他出門，一進電梯，我以為忘了東西大叫一聲，他立刻再按開電梯，我才發現東西已拿在手上，他哭笑不得的樣子倒真讓我開心。

隔天，我整理衣服時，雪白的上衣一時沒掛好，掉下來，我尖叫一聲（絲毫不知道自己尖叫）。後來我走到床邊，躺在床上的他悠悠問道：「妳剛剛撞到什麼東西啦？」

「沒有啊。」

「那妳為什麼慘叫？」

「喔，是衣服掛上又掉了下來。」他無可奈何的笑了起來。

有天中午，我做了一道麻婆豆腐，竟然忘了拿出來，洗碗時才發現。跟他說，只聽到無奈的嘆氣聲。

晚上聊天，我說：「我是個急性子、脾氣躁的人；不過，你對我的壞脾氣倒是相當包容。」

「有嗎？我倒沒有覺得過，也許我很遲鈍。」

我是指當初陪他考高中時，兩次教訓他的態度，我話都說得很急，且明顯責備他，他都低頭沒說話。

「那就感謝你包容我的粗糙與糊塗。」

「我不知道妳的糊塗，到底是真的還是假裝的呢！」

「為什麼？」

「因為太誇張了，不像是真的。」

「我跟別人相處時，常要注意自己角色的分寸，所以一定不會這樣；但是，跟你在一起，我完全放鬆、完全自在，你從不嫌我，所以糊塗就會自己冒出來啦。」

「那妳到底喜歡做怎樣的人？」

「鄭板橋說：『聰明難、糊塗尤難、由聰明轉入糊塗更難』，所以他題『難得糊塗』四個字成為千古美談。我沒能達到他說的高等糊塗境界，只是喜歡跟你在一起，能夠自由自在的隨意糊塗！」

我接著說：「你為什麼不也這樣呢？」

「怎樣？」

「在自己家裡，放任自己，你想怎樣就怎樣！」

「我已經這樣啦。」

「可是，你都沒有什麼聲音——」

「有啊，我會放音樂。」

「喔——還是只有我糊塗。」

最近跟他聊起這些早期笑話，他笑說：「對喔，最近怎麼沒發生了？」

我說：「都是你啊，你老是過度文質彬彬的，把我硬是『陶冶』得也斯文起來了！」

日本行

他從小接觸日本卡通、漫畫，一直都喜歡日本。長大之後，喜歡日本料理、日本文化。當他大學畢業前說想去日本時，我想，這時候不讓他圓夢，以後就再沒機會了，也就讓他到日本就讀語言學校。

這個學校是升學前的預備學校，所有老師、學生都有課業壓力、都很用心，除了他。他並不是為了繼續升學而來，他一直都喜歡待在團體的邊緣，因此，在那裡很自在。

來到日本，他發現日文是非常理性化的語文，比想像的難很多。他當然也想學好日語，但沒有什麼壓力，就不像其他同學那麼拚命。在最後一關日本語能力總測驗，成績要用來申請學校，所有同學都報名參加，那一陣子上課的氣氛就像臺灣聯考前一樣。只有他，成績單沒什麼用途，不用怎麼準備，當時考的是最高的一級等，他自己覺得沒啥把握，就當做考驗實力。一個月後結果下來，全班都通過了，「最意外的大概就是我吧！」他說。

結業證書既然不是他的目的，那麼去日本最大的緣由也不是我簡單的認為「哈日」而已。這是他多年之後才跟我談起——他太想換一個空間。

「對我來說，在多倫多，從高中一直到大學畢業，好像是一條理所當然、鋪好的道路，我走在上面已經很久了，感到厭倦，想要進入一個全新的領域。」他說：「想來想去，想到去漫畫王國當漫畫家的念頭。」

他又說：「雖然中間發生了很多事，不過歸納結果，我是想用畫漫畫，把腦子裡的某些東西給釋放出來！」

我說：「現在我理解你的心路歷程，以前我完全不知道。」我心底暗暗叫道：「原來他更適合發展人文藝術的路子。」

「其實，剛開始我知道當漫畫家的機會極為渺茫，但是不走一走，總是有點不甘心，直到真正『做』了之後，才知道真相。」他說：「我只是喜歡畫畫，但是更重要的是，我並沒有畫畫的基本欲求。對真正有欲求的人來說，畫畫就像呼吸一樣，很自然、很本能的，他得一直畫，否則活不下去。而我，不是這種人。」

「在同學間，大家都知道我想畫漫畫，所以也非畫出一些東西不可。」

我看到朋友給他的生日卡上密密麻麻地寫著各種賀詞，居然都稱他為藝術家。那時候，他的確畫了三部漫畫，寄了一部給我看，雖然外行，我還是用心閱讀，並且寫了讀後感給他。我只知道，最終，他放棄成為專業漫畫家，回多倫多後，繼續學油畫、插畫。

在日本的第二目的，是想多和人接觸。即使三年後他才告訴我，我的眼鏡還是跌破了！

「在宿舍認識的臺灣人都是好人，大家像家人般。以我的標準來看，這群人很會玩，從他們身上也學到玩的方法。我從來不認為我比他們會玩，奇怪的是，過了一年後，他們全都認為我變得超會玩的了。」

「在日本有很多誘惑。很少有這麼多女性在我旁邊，尤其很少有這麼多時髦的女性來來去去。更很少有這麼多女性把我當男性看待。但是，如果我保持原狀的話，就什麼都不會發生。」他說：「所以，利用春假，把衣服頭髮都改了。一去學校，果然，所有人都說我變了。我心想：作戰很成功。但外表改變只有短暫效果，下一步還不知道。」

「我自己想，一定要依照自己的特質營造個人的特色。然後想出一些策略，如何吸引女性。例如像我這樣的人，應該不適合卑躬屈膝太聽女生的意見。我不知道所謂策略是否成功?反正，這輩子從來沒有這麼多女性如此主動的來找我，而這一切只發生在短短幾個禮拜內。」

「所有的改變，使我和四周的人都很訝異，雖然他們都認為是因為我外表變了的關係。我自己覺得我也像嬰兒學走路一樣，正摸索如何應付這全新的領域。不過理論上來講很簡單，我只是學習如何當一個男人、如何對待女人。之後吸引異性是理所當然的事。從此學校變成巨大的社交實驗廠，後來再擴展到東京的舞廳，藉此見識許多不同的人和世界。」

這樣的日本行，在我的價值觀來說，是完全成功、值得的。那是在多倫多的學校、家庭和社會都得不到的經驗和人生啟迪。他似乎是理解了——在人間，他想做怎樣的角色都可以去嘗試，也幾乎做得到。

回到多倫多兩年後，他似乎並沒有興趣選擇跟自己本性差異太大的角色。日本行，似乎是一次體驗、考驗或者玩票，我幾乎羨慕得有點忌妒他。

犯錯

兒子剛回我這兒住時，像一隻被驚嚇的小鹿，從不主動說話、不自己行動，電視放在我的房間，他連電視都不看，永遠待在他的小房間裡。

我想：什麼都不做，就永遠不會犯錯，就不會受到責備。這可能是兒子當時的哲學。

兒子跟我一樣，非常怕面對鐵板燒的臉色。如果是外人，我們就永遠不會接近他。但如果是家人，怎麼辦？只能盡量躲閃——兒子就躲在房間裡。

我發誓，絕對不給兒子臉色看。反而，時常發明一些歪理，例如我告訴他：「每人都有犯錯的權利，不犯錯，那有改進的空間啊？想想，如果我們是天生聖人，什麼都擁有、什麼都完美無缺，那活著要幹什麼？」

「天天吃喝玩樂享受人生啊！」他居然回答。

「如果那樣，我就要改名為『鄭／正方形』了。」我說：「你一定很快就會厭倦這種頹廢的生活。」

「話說回來，人雖然有犯錯的權利，但也有不貳過的義務。這個很難做到，只能說是努力的目標。」

我們租進多倫多第一棟公寓時，樓下大門進出的磁片卡一張要一百元加幣。我給兒子一條鍊子，叫他把所有鑰匙跟卡掛在腰帶上，免得遺失。他說：「不必，不會掉的啦！」

才第二個星期，他就遺失了那張磁卡。我沒說話，去管理處再買一張。他自動把鑰匙等都鍊在褲帶上了。

之前，在臺灣時，四妹陪我們逛街，兒子看上一幅畫，問了價錢三千臺幣。他不敢開口要買，只是留連不捨。寵孩子的四妹立刻掏出鈔票，買下那幅我們這些外行人認為昂貴的人物畫。

回到家，兒子把玩他的畫、我準備我的功課，各自享受寧靜的黃昏。突然兒子過來急切的問我：「妳知道四姨帶我們去買畫的地方在哪裡嗎？」

「我不知道，你要地址做什麼？」他沒答話，又回頭去拆解那畫框。過一陣子，又跑過來：「妳能不能打電話問四姨，那家店在哪裡？」我發現出了狀況，正眼對著他：「出了問題嗎？」

他低下頭，沮喪的說：「我拆開框子才發現，這幅畫是假的。能不能找四姨一起去把畫退給老闆？」

兒子犯錯了。要用怎樣的態度面對他？我的腦子快速打轉，他是有自尊心的人，承受不了父親的臉色才跑來這裡。我一直小心翼翼對待他，他需要尊重，撿回自信。現在，他犯錯，整張臉像苦瓜般皺著慌著，他已經非常自責，我能再加重壓力責備他嗎？我想，如何讓負面的過失轉為正面有意義的教育呢？

我用平穩的聲音說：「如果老闆知道那是假畫，就絕對不肯退貨。如果他不知道那是假畫，那麼退貨也要扣錢的。」

「那麼，我到網路上去拍賣。」

「如果你用真貨的價錢去拍賣假貨，那不是在欺騙別人嗎？如果你當假貨來拍賣，那又有誰會來買呢？何況，你很快就要離開臺北，哪有時間去做這些事？」

他鎖著眉、低著頭，痛苦萬狀。我心想，這種錯誤，我以前也犯過，現在也可能再犯。我的聲音變得更溫和：「你不要難過，我們找四姨去退貨，就說畫不能從框子完全取下，我們無法帶出國，所以不能買。當然，一定會折損一些錢。如果說，花一些錢來學習一個教訓也很值得，下次遇到這類情形時，會特別小心，那現在被扣留的錢就不算是損失。」

處理完後，我說：「你有眼光看出那是贗品，我還真佩服你呢。」他苦笑。

＊＊＊

那天，我在書桌前剛剛打開書本，聽到開門聲，知道是兒子放學進門，我照例離坐要走過去，但他已經一個箭步閃到我面前，聲音低促而淒楚的說：「電子辭典丟了！」

「哦—呵—哦」太突然，我完全語塞，不知如何回應。

這是兒子的「第三代」英文電子辭典，先前兩個分別購買於小學、國中，到了多倫多，電池耗費過多，實在不敷使用只好功成身退。這個新辭典是上週我從臺北為他買的最新機種。

辭典到手時，母子倆擠在書桌前，一起玩「造句高手」，好不開心！這玩意最讓我喜歡的是可以直接插在電源插頭。過去那臺舊辭典，像吃角子老虎子般不到兩個月就吸乾我們一箱電池，而在這個特別重視環保的國家，電池價錢真是死貴，弄得我們查辭典都捨不得按比較耗電的發音鍵。

新辭典到了我們家，幾乎日夜無休。兒子上學下課都要使用，只有在他看電視時，我才有機會親近。自從有了它，我們時常一起查字典閱讀英文散文，然後討論文章的內容、結構、風格，分析它的特色。有了它，不但使我們母子更親暱，同時也開闢了我們之間知性的交流。

然而，不到兩週，還沒機會認識它的其他功能，辭典就遺失了！兒子犯錯丟失辭典，刺痛煎熬著我的心：要如何面對他？責備他不小心？還是安慰他沒關係？

抬頭望著沮喪至極的兒子，知道他已經給自己很大的責備。既然不能責備他，也不能讓他憑白再獲得一個辭典。我緩著聲音說：「我們努力找。」

辭典放在教室書桌下層，下課換教室時忘了帶走，等想起來衝回去，已經消失。明知找回來的希望是零，兒子還是很聽話的盡所有人事，向警局報案、向學校報告、貼尋物啟示……，結果跟預期一樣，辭典不再出現。

我說：「回臺灣我再買一個。」他仍然垂頭喪氣。

我說：「媽媽多接兩個演講就可以把它賺回來。」

「那還是花了妳的力氣；而且，妳說過不想再出門演講了。」

「也許上天想給我們一次教育：因為你曾經失去它，所以當你再擁有的時候，一定會更加珍惜它、使用它、享受它。」

回到臺北、回到原來購買的店，再買一個完全一樣的電子辭典之後，我接著去繳健保、去買書……，一路上死死抱著新辭典，無法想像如果再丟失一次……眼淚居然滾了下來。我幾乎不能理解，僅僅一萬元上下的東西就把我打敗了？啊，也許是那遺失的辭典實在太新太新了。

我把新辭典交到兒子手上，說：「犯錯沒有什麼稀奇，人生本來就是不斷走在犯錯的路上。錯誤像一個個陷阱，等著你掉進去，然後，看你自己怎麼爬起來，能夠自己站起來的人，大多不會再犯同樣的錯誤，這就是成長。」

缺點或優點

耶誕節放假兩週，第一週他全部埋頭在「修理」從臺灣買來的磁片問題。第二週正要開始讀書，同學約他去滑雪，他說要做功課不去；隔天，另外的朋友約去滑雪，他只好去了。

「好玩嗎？」

「還不錯。」

「大家都是第一次滑雪嗎？」

「只有我是第一次。」

「誰教你？」

「教練在旁邊講一下，然後我們就衝下去——」

「你這麼厲害！」

「每次都摔一大跤。只要摔跤，就有好多地方非常痛，而且很難爬起來。如果停下來休息不滑，就會凍得受不了。」

「滑了一天，那你不是摔了很多跤？」

「是啊。」

「那你還說不錯？」

「其實是全身痠痛。」

「你還真讓我佩服。」這一點都不像他的個性，居然可以摔一整天。

他明明事事都有自己的看法，但跟同學相處，卻是隨和得叫我難以置信。

幾乎同學一打電話來，他都有求必應。很多時候分明是臨時決定的，他也放下工作，立刻出發。有些事先約好，他會告訴我中餐或晚餐不在家吃，但有時一通電話，又取消了。或者，他得等到電話來，才出門。

「你們去哪裡玩啊？」偶爾我問。

「三人一起去看電影。」

「你們三人都喜歡同一部電影才一起去看嗎？」

「哪有！總是吵很久才決定看哪一部。」

「你有吵贏過嗎？」

「我從來沒意見，他們兩人已經吵翻天，我再加進去，就永遠看不成。」

人人都說處女座的人龜毛，為什麼他在很多地方都沒有意見？跟朋友如此。在家，也讓我驚奇。

除了電腦配備、漫畫等他的特別嗜好，在生活上他不曾要求過什麼；從來不主動要買衣服鞋襪，內衣褲都又小又舊又黃，還是照穿。

他長胖了，臺灣帶來的長褲都太緊。朋友送來她兒子的長褲嫌大，我不會改，他也照穿。我要他去買一條皮帶，他說並不十分需要。

他的運動短褲不知為何不見了，他不肯買新的，因為下學期不上體育課了，每次都得穿長褲上體育，回到家，長褲的臀部地方全濕了。

他上大學時，我把家搬到學校南邊，朋友的兒子恰好也在附近上班，我乃讓出房間，讓兩個男孩住一起，生活比較有趣。

畢業分居之後，我發現兒子受對方影響了一個生活習慣——每次用完馬桶，一定把馬桶蓋子全部蓋上。這也許是西方人的習慣，但我在公共場所從來不曾見過。

他有了這個習慣之後，就像以往一樣，從不建議我照做，只顧做他的。

這次我到多倫多，他洗臉後使用的柔軟水被我誤用，並收在我的洗臉用具盤子裡；他掉了東西，也不問，每次都少用一樣，直到我發現為止。當發現時，大驚小怪的人是我，他卻是無所謂，哦哦兩聲就了結。

真不知道，這算是他的缺點還是優點？

萬事不求人

是個性也是習慣，我從不愛打擾別人，最怕想要人幫忙時的窩囊感覺，每每遇到絕處，心想再苦也不過「掛」了，還是撐一撐吧。

為此，總把生活擺放在最簡單的狀況，練就萬事不求人的習慣。

沒想到，日子再怎麼簡單，還是會遇到自己無能的情境。家裡所有兄弟姊妹，只有我不會開車，偏偏得單槍匹馬帶兒子去多倫多。大姊第一個說：「在北美，沒有車就沒有腳，妳快學開車吧！」可是，馬上就得出發。英語、開車都來不及學，更遑論去考英語駕照。再說買車開車又多一筆花費，還是把自己當成一部車吧。

當年六月在多倫多沒有任何親朋戚友。到年底，才慢慢結識幾位朋友，他們知道我不會開車，有時主動繞過來帶我採購。

每逢這個機會，我立刻大包小包拚命買。兒子平時喝果汁的多寡端看朋友帶我的次數。有時隔天又有朋友相約，捨不得放棄機會，家裡頓時有大量新鮮水果及各種食物，我就恨不得兒子三餐、下午茶、宵夜都能「暴飲暴食」。

但我從未主動開口請人帶我買菜。

家裡，不用說，新買的桌床椅墊都得我和兒子合作組裝。我還買了釘錘、電鑽、鋸子，我一個人把儲藏室「裝潢」得很實用。

兒子買了特大電腦螢幕是為了電腦電視共用一個螢幕，可能因使用不普遍的關係，一開始就不來電。我們把東西送回公司，一直沒有回音。我只好用最實在的辦法，天天轉兩趟公車去公司苦等，終於在奔波之下完全ＯＫ，可以看電視的當晚（恰好週六）他居然在電視前看到清晨六點。

解決了電腦，再陪他去買錄放影機、音響、印表機，都是他喜歡的牌子，事情告一段落，我說：「你想要的東西都全了吧？」答案「是」。

有個週末，他想看一部有關科學的電影，他同學都沒興趣，我自告奮勇陪他去找戲院，看著他進了場，我再散步回家。

二弟正在辦移民手續，要我找律師簽字，早晨起床收到他的傳真，立刻各處打電話找律師，看哪一家最近又最便宜，再衝過去，辦完回來，傳真給移民公司，他們做夢都想不到我速度這麼快。

這裡的朋友都認為我日後一定會買車，即使認為我非常窮。我想，剛來的前三個月的確艱苦，回想起來自己都不得不「佩服」我真夠強壯。那最辛苦的階段都撐過來了，何必再買車？

即使是一個小小的家，也經常發生意料之外的狀況，兒子的立燈不亮，我「希望」是燈炮壞了，連買五支，確定不是燈泡問題。只好趁打折跑去再買一個全新的，東西又大又重，沒有任何帶子綑綁，只能雙手抱著，天氣極冷，從百貨公司出來等不到計程車，每次在面對困難時，我都告訴自己：「反正一定撐的過」果然，最後總是安全到家。

人有很多潛能，不遇到困難就不會冒出來；人也可以學習非常獨立，只要你願意。

講古

在多倫多，他忙著功課，我們沒有什麼時間一起休閒。只有吃飯時面對面，我每天都得抓機會嘻哈一陣，表示我們也有親子時間。

我挖空腦袋，把自己從小到大可資借鑑的笑話老實道來。

「這個故事婆婆到現在還喜歡重講，我自己當然沒有記憶，那時候我還是不會走路的嬰兒。」我說：「我天性怕生，從小只讓婆婆跟大姨抱。有一天，婆婆抱著我，跟一位相熟鄰居聊天，聊啊聊的，那鄰居就兩手伸過來作勢要抱我，我立刻扭轉頭死死抱住婆婆的脖子。那鄰居笑著說：『死丫頭，我非抱妳不可！』就把我從婆婆手上強摟過去，你猜結果怎樣？」

「妳就大哭！」兒子說。

「不是，我什麼聲音都沒有，因為氣昏過去了。」

「妳很討厭那位阿姨嗎？」

「我當然不記得我討厭不討厭她。但是，這件事說明我天性是怕生的。」我說：「這件事情發生在我嬰兒時期是可能的，我確實知道自己怕生；還有，我脾氣很倔強呢！」

「哇哦！那妳喜不喜歡妳的天性？」

「應該說，每種天性都可能產生正面或負面效應。倔強的人，比較不會轉彎，做對事時會擇善固執；但做錯時，會怙惡不悛。不過，我這個性比較需要用心調整、小心拿捏。小時候不知道，長大後才領悟到的。」我說：「其實，這個性也遺傳到你身上。你比我還怕生，你固執的時候比我還不輕易妥協呢。」

他輕輕微笑，算是默認。

「當我發現這種個性在你身上產生負面效應時，第一個想到這是我遺傳給你的，很對不起你、絕對不能怪你、要慢慢引導你、不要讓你重蹈我的覆轍。」

「妳怎樣引導我？」

「我不是永遠鼓勵你多參加社團多交朋友嗎？我不是說不論我們多麼窮，對朋友還是要大方嗎？」我說：「你記得嗎，你念國中時，每個週末回來，我都把你錢包打開來，不論裡面剩下多少錢，我都會把它補充到五百元，我希望你跟同學相處時，不要小氣。」記得當時他父親發現後，跟汪師母說：我用錢收買小孩。人間觀點的差異經常如鴻溝，問題不在事情本身，而是對待事情的看法。

沒有人是完美的——我們自己就有很多缺點。所以，我跟孩子說：「交朋友不要太挑剔，只要對方品質好，談得來，就可以成為朋友。不要計較對方有什麼缺點，例如脾氣古怪、愛罵人、抽菸喝酒之類。包容朋友的缺點是人際關係裡的一種藝術。」

也許從小我就經常灌輸這種觀念，在他國二時，竟然脫口說出讓我驚訝的話：「我發現金錢可以買到友誼——雖然不是絕對必然。」

我一時啞然。過一會，我說：「雖然如此，你結交的朋友還是太少啊！是你固執選擇某種類型的朋友吧？還是，仍然怕生？還是，喜歡孤獨？用心想想金錢買不到的真理喔。」

＊＊＊

還有一個故事，也不在我記憶中，仍然是母親當笑話講出來的。

「我們小時候，大家都很窮，我們家可能是最窮的家庭之一，不過鄰居之間都相處得很好，時常互相幫忙。」我說：「那時候，我才剛學會走路、會講話，時常語出驚人。」

「喔？嚇到誰？」

「嚇到現在的我！哈哈。」我說：「很難相信那真的是我，或者只是婆婆掰出來的？」

「我們小時候家裡窮，小孩可能不只營養不良，也許三餐都吃不飽吧。」

「妳記得喔？不然妳怎麼知道？」

「我其實不記得，但發生的事情，太不像我的個性。」

「哇喔——」這聲音好像變成我們聊天時的逗號。

「我們鄰居有一位王姓男孩，每天參加小學課後補習，家人都早已吃完晚餐，他才回到家。婆婆說，有一天，我像小鴨子般趴趴趴的走向那位正在猛扒飯的男生，對著他說：『王哥哥！王哥哥！我姓王！』那男生繼續扒飯，根本不理我。」

「那妳怎麼辦？」

「我還是巴巴的望著那無情的男生啊！」我說：「當時，那男生的媽媽看到了，就大罵她兒子：『你這個背死鬼，你看小娳多可憐，你就給她一口飯吃啊！』」

我很快問兒子：「妳覺得這行為像不像我的個性？」

「不知道。」

「看起來不像。在我有記憶以來，幾乎從來不開口求人。」我說：「你大概不知道，我們到多倫多來，認識這麼多朋友。剛開始，她們都說想買菜只要講一聲，就會載我去。可是我從來不曾主動打電話請人載我去做任何事，我寧願自己一個人拖著推車在雪地裡跋涉，也不打電話。這不是好不好意思的問題，我覺得明明自己可以做到的事，何必麻煩別人呢？」

「我們老師說，下雪或積雪時，只要有風吹過來，氣溫就會下降十度左右，非常冷，雪地很難走的。」

「你不是說媽媽是補漏專家嗎？我從臺北帶了一個機車用的安全帽、再買一個加拿大滑雪用的通氣口罩、再加上一個游泳用的潛水眼鏡，我脖子以上就像戴了防毒面罩一樣安全！再穿上雪衣、雪靴……走在路上真的不冷。」我說：「只不過，路上的人見到我，好像看到外星人一般驚訝，讓他們開心一下也很好！」

我說：「我的運氣很好，在雪地當哈士奇犬的經驗不多。後來，都有朋友主動打電話過來載我。我也會把握機會，一有人幫忙，就盡量多買，多存些貨。」

「反而是夏天，朋友比較不知道我需要買什麼東西，我每星期都會看『Saver Bag』，一看到我們需要的打折貨物，就搭公車去買，等到結帳時，才想到，這麼大的物件怎麼搭公車回家啊？多倫多的計程車是絕對不能搭的，上車像搭飛機一樣，在大馬路上飛奔，心臟比那里程錶跳得還快。」

「不論如何，左一個壓力右一個麻煩，弄得我苦哈哈，還是不求人！」

「那麼，那個故事是婆婆掰出來的囉？」

「婆婆也沒有必要編派我的故事啊！可能是真的。」

「那不是完全不像妳嗎？」

「這故事最能說明：民以食為天，人在吃不飽的時候，是談不到人格、自尊之類的問題。」

變變變

青少年的孩子，具有無限的可塑性，這是我親身發現的真理。

在我剛接手不斷自溺的兒子時，完全沒有把握能夠把他拖上岸。只要肯上岸、只要願意活著，就好。當時，只有這個小小的目標。

孩子的問題在於：承受太多壓力，自覺一無是處。在臺灣，讓孩子失去信心的只是成績，給孩子壓力的也是家長對成績的期待。

我跟孩子說：「這個暑假咱們一起玩：看電影、打球、電玩、逛夜市……你想怎麼玩就怎麼玩。」

他小時候喜歡拼圖、做模型，我慫恿他去挑些喜歡的回來，他看上的模型做出來手工細緻如《星際奇航記》裡的飛艇，他一件件的做好，排在書架頂端，我們躺在床上瞧，一起欣賞談論。在離開臺灣時還有一件超大的帆船模型沒有機會開封呢！

黃昏，就盡量到小學校園打球。我幾乎買了全套棒球、網球、桌球、排球等一流的球具，可是我們的技術卻是完全不入流的亂打一通。我以為這樣疲於奔命的消耗體力就是運動。直到遇見一位桌球教練，才知道母子只是胡搞。從此，兒子就由他教授桌球。

孩子明顯開心許多，但這是暑假。開學後，面對的還是功課。他嘗試的結果仍然失敗，我只好帶他離開壓力源，遠走多倫多。這行動其實沒有多少單親母親做得到，老實說我的經濟能力也不夠格，但我總是有多餘的膽量，也就直闖異域。

來到多倫多，孩子仍然得面對功課，照理更加艱難。我告訴他，吊在車尾之後也沒關係，這裡五十分就及格，反正只是來試讀，不喜歡，咱就回臺灣。

這裡，沒人給他臉色、沒人催他用功、沒人要他上進……雖然，每天我都小心翼翼偷偷注意他的心情起伏，怕他在學校受到挫折、怕他給自己壓力。我心底明明想要他用功，卻裝出完全不在乎的樣子。怪的是，在這裡，確實是他自己要用功的。

過一陣子，他告訴我：「以前總認為讀書很辛苦，總是背不起來，其實純粹背的東西最簡單。」

「以前讀英文報紙，覺得很困難，不知為什麼，突然一下子，就變得很容易讀了。」

後來，我偶爾提起他這句話說：「你說了以後，我也在等這樣一天，為什麼永遠等不到呢？」

「哈，妳從來沒看英文報紙啊！」

在他申請入讀多倫多大學成功時，我說：「你到多倫多，真是一百八十度改變。」

「嗯。」

大學快畢業後，他在日本一邊念語言學校，一邊自己畫漫畫。

一年後，他回到多倫多，那兒的朋友特地打電話在臺灣的我：「Chester變了好多，妳見了可能認不得哦！」

兒子去溫哥華探親，跟多年不見的姑姑相處，回到臺灣，她們一提起兒子，必然開心的說：「小澍去了一趟日本，變得好開朗、好會講話，實在太值得了！」

我跟兒子說：「你從臺北到多倫多一百八十度改變，從多倫多到東京，又一百八十度改變，幸好不是回到原點。」

默契

兩人相處久了，一定會產生默契。不過，默契有正面有反面的效果，我們一定得往正面努力。

在他還是天真浪漫的兒童時期，我們之間時常有很多肢體動作。有一回，我說：「你覺得爸爸比較了解你還是媽媽？」

他沒有回答，對我做一個鬼臉，我也做一個鬼臉回他。

他說：「妳比較了解我。妳看，妳都會跟我做鬼臉，爸爸不會。可見我們比較有默契。」

國中後，他逐漸把自己封閉起來，不主動跟人說話。這也罷了，他非常害怕別人注意他，一旦有人朝他看，不是低下頭就是回身就走。

在那段重建關係的時期，面對本來就不愛說話的孩子，需要更用心「視其所以，觀其所由，察其所安。」不錯，我每天都偷偷注意他：瞧他的臉色、看他的動作、注意他喜歡的節目。表面上卻裝得什麼都不知道。

這完全是一種心理戰爭。所幸，我贏啦！

我們很快就有很多默契。

剛休學時，我給他請了家教。第一次上課，兩人關在房間，下課後家教一走，我關上門，立刻問：「你覺得他上的怎樣？」

「我就知道妳要問這個。」

我哈哈大笑。

高中時，他和朋友一起去歐洲旅遊。回來後，聊起他在羅馬看到一串很漂亮的仿黃金項鍊，他算算美金還夠，很想買下來：「但是，我知道妳並不戴這些東西，也不在乎這些東西。後來，就算了！」

「你真了解我！」我好高興：「不過，以後看到喜歡的東西，也許你我都用不上，你只是喜歡而已，也可以買給你自己。就是放著也行，或者有一天你會送給某位喜歡的女孩。」

「你不是不喜歡不實用的東西嗎？」

「那是我，我並不要求你要像我啊！你可以有你自己的興趣、你自己的收藏、你自己的品味。」

大學時。有一天，他離開書桌走進廚房，我立刻跟過去，廚房是他不熟悉的地帶，我怕他找不到他要的東西。

「我就知道妳會跟過來。」他笑瞇瞇的說。

「為什麼？」

「我不知道為什麼，只知道妳一定會跟過來。」這是很歡樂的談話，他太了解我、信任我。這同樣的事情，如果發生在他國中時代，這個「默契」就完全產生反效果。

他上班後，有一陣子連續加班，完全不確定何時回家。我平均算一算，大部分是九點多，我就選擇八點前洗澡，他回來可以立刻做宵夜。有一天，我正在洗臉，聽到一聲輕輕的浴室敲門聲，這表示，他回來了，還沒吃飯。我立刻出來備飯。

最近，朋友告訴我大芹菜打汁，可以排毒，我乃從善如流。沒想到第二天早上，兒子剛進浴室洗澡，我突然火急要用廁所，只好搭電梯飛奔一樓公用廁所，本來住戶用外門鑰匙就可以開門，但它竟然換了鎖。我又衝回家，急敲浴室門：「你好了嗎？」。裡面回答「馬上」，果然馬上出來了，身上只披著大浴巾，他見我狼狽的樣子，撲哧出聲大笑——在他早晨催眠狀態中，能發出這麼清脆的笑聲可真不容易呢！

良好的默契，仍然需要用心維持。不論他多大，我絕不拆他的信、只要有他的電話，我立刻離開，讓他安心講話。有朋友約他出門，我從不過問去哪裡、跟誰去、去多久。等他回來再聊不遲。臨走時，我總是說：「要玩得開心喔！」

有一次，他要我暑假晚一點到多倫多，因為他有一位日本朋友要來多倫多旅遊，想借住我們只有一個臥房的家。親朋戚友知道後，紛紛問我是男是女？我開玩笑說：「我不知道我兒子是同性戀還是異性戀呢。」後來那位朋友請不到假，沒有成行。

到現在，我還是不知道他那朋友是男是女，我信任的事是不必問的。我不願意他把關心誤會成限制或者嘮叨，那就破壞了我們之間的默契。

國家圖書館出版品預行編目資料

這是我愛你的方式 / 鄭明娳著.
-- 初版. -- 臺北市 : 聯合文學, 2011.06
224面 ; 14.8×21公分. -- (繽紛 ; 155)
ISBN 978-957-522-937-5(平裝)

855 100008085

繽紛 155

這是我愛你的方式

作　　者／鄭明娳
發 行 人／張寶琴
總 編 輯／王聰威
叢書主編／羅珊珊
責任編輯／黃芷琳
資深美編／戴榮芝
校　　對／黃芷琳　鄭明娳
法律顧問／理律法律事務所
陳長文律師、蔣大中律師
出 版 者／聯合文學出版社股份有限公司
地　　址／臺北市基隆路一段178號10樓
電　　話／(02) 27666759轉5107
傳　　真／(02) 27567914
郵撥帳號／17623526 聯合文學出版社股份有限公司
登 記 證／行政院新聞局局版臺業字第6109號
網　　址／http://unitas.udngroup.com.tw
E-mail:unitas@udngroup.com
印 刷 廠／鴻霖印刷傳媒股份有限公司
總 經 銷／聯合發行股份有限公司
地　　址／231新北市新店區寶橋路235巷6弄6號2樓
電　　話／(02)29178022

出版日期／2011年6月　初版
定　　價／260元

ISBN 978-957-522-937-5（平裝）